重返2046
Back to 2046

二湘 作品

by Er Xiang

壹嘉出版
1 Plus Books

Back to 2046

copyright ©2017 by ErXiang

Published in the United States of America

by 1 Plus Publishing & Consulting

ISBN-10: 0-9985199-2-8
ISBN-13: 978-0-9985199-2-0

All Rights Reserved

重返2046　二湘　著

本书由二湘授权壹嘉出版/1 Plus Books

在中国大陆以外地区独家出版

所有权利保留

书名：重返2046

作者：二湘

出版人：刘雁

装帧设计：壹嘉出版

开本：150×230mm

定价：US$ 15.99

出版：壹嘉出版

网址：http://www.1plusbooks.com

电邮：1plus@1plusbooks.com

美国·旧金山·2016

作者简介

　　二湘，毕业于北京大学，留学美国，获德克萨斯大学奥斯汀分校计算机硕士。小说、散文、诗歌曾获北美汉新文学奖，并曾被北岛、芒克主办的《今天》网站首页推荐。作品发表于《青年作家》、《鄱阳湖文学》、《人民日报》海外版、《洛城作家》等。长篇小说《狂流》即将 由十月文艺出版社出版。个人微信公号："二湘的六维空间"。

目 录

重返2046

1

　　许多年后，我开车驶过金门大桥时，总会想起玲珑。她的眼睛一眯，仿佛看到几个世纪以后的事情。

2

　　许多年前的那个冬天，我刚满十八岁。是一个早上，风很大，吹打着窗棂，我很早就醒来，空气里有一种神秘的力量催促着我打开手机。

　　"打开邮箱。"我对着手机说。

　　"有从斯坦福大学来的邮件吗？"我问我的手机。

　　"有。"手机回复。

　　"请念给我听！"

　　"亲爱的毅书，非常高兴你被斯坦福大学录取了。"

"Yeh！"还没等手机念完，我高兴地叫了一声。拿起手机，仔细翻看那封盼望已久的信件。

"斯坦福，我来了！"我对着窗外的那棵冬青树大声说。

第二年秋天，父亲和我一起走在斯坦福的校园里。上一次我们一起走在斯坦福还是我小学三年级时，我们全家来美国玩，父亲一定要绕道到这个著名的学府膜拜。他和我在那个有很多拱门的广场照了一张相片，背景是罗丹的加莱义民青铜雕像。

"毅书，十年后我们来这再照一张合影。"父亲说。

十年不过是白驹过隙，一眨眼就过去了。

我看着秋天的风吹过他两鬓的银发，心里一动："来，我们以同样的姿势再照一张合影。"父亲于是把手搭在我肩上，就如十年前那张照片一样，唯一不同的是我已经比父亲高了许多。

一切安顿好了，我们决定去斯坦福艺术博物馆看看，可是走着走着就有点迷路了。迎面走来一个长着东方面孔的姑娘，她的神情很专注。

"你好！请问去斯坦福艺术博物馆怎么走？"我问她。

"请问你是开车还是走路？"她停下来，眼睛一眯，看着我。

"噢，走路。"我忙不迭地说，她的眼睛那么亮。

"你现在的位置叫Main Quad，往前走50英尺是Lasuen Mall，左拐走200英尺就是Sierra Mall，左拐再走300英尺会看到Palm Dr，右拐到Palm Dr上走1000英尺会碰到Museum Way，Museum Way上左拐再走500英尺就到斯坦福艺术博物馆了。"

她一口气把准确的路线说了出来。我都有点惊呆了，都说斯坦福的学生聪明，果然名不虚传。

"谢谢，真精确。"我由衷佩服。

"噢。不客气。"她回答。

"你的普通话非常标准，像播音员，你是北京来的吗？"我说。

"不是，我一直住在旧金山。"她微笑，不再说话。

我和她挥手道别。她继续往我的反方向走，我回头看她的背影，有一些单薄，却非常笔挺，她直直地往前走，微风吹起她的裙角。

"别看了。"父亲笑着说。我不好意思地抓抓头。

艺术博物馆的人很多。罗丹那个著名的雕塑"思想者"前更是围了好几层人。我盯着那个青铜雕塑看。他弯着腰，屈着膝，右手托着下颌，默默地注视着芸芸众生。他的目光深邃，有一种奇异的光芒。我突然想起了给我指路的那个姑娘。

我和父亲又在花园里转了转。我在罗丹另外一个著名的无头者雕像前停了下来，那个无头的人径直走着。好像什么都没有思考，又好像什么都已清楚，前方的路，一步一步该如何走，都已了然，就像那个姑娘。我的心一惊，今天为什么总是想起她。

3

开学了。

我选了一门人工智能。在Nvidia礼堂，我早早到了教室，坐在第一排。快上课的时候我看到了她，是的，那个给我指路的东方姑娘，她径直走了进来，目无旁骛，然后坐在我后面两排的地方。难道她也是大一新生？这个课是给大一学生开的课。我平常听课非常用心，但是今天我居然回了好几次头，我眼睛的余光看到那个姑娘，她神情专注，看着老师。

终于等到下课了，我走向那姑娘，

"你好！我叫方毅书，英文名字David。还记得前几天你帮我指路吗？"

"是的，我记得你，你们要去艺术博物馆。"姑娘微笑。

"你叫什么名字？也是大一新生吗？"我对她充满了好奇。

"我叫Jessica，中文名字于玲珑，我也是大一新生。"玲珑对我说。

"噢！是吗？你怎么会对校园那么熟悉呢。"我又高兴又诧异。

"嗯，因为我脑子里有一张校园地图。"玲珑说，她的神情很严肃，我喜欢她语气里的冷幽默。

我很喜欢教人工智能的那个老师，他五十多岁了，穿一双拖鞋和牛仔裤，看起来像四十岁。他总是拿他的小女友做例子，他说起她时，嘴角有一种老男人的戏谑。我喜欢上他的课，虽然我上课时总是用余光去寻找一个身影。

第二个月老男人给我们布置了一个作业。做一个人工智能的模拟项目，可以找一到二个人合伙。我去找玲珑。

"可以和你一个组吗？"

她眯起眼看了我一眼，"可以。"

我觉得我的心里在冒泡泡，就是打开香槟酒，瓶口流出来的那种泡泡。

我和她第一次是约在Peet's Coffee and Tea讨论项目。据说这是个老店，四十年前就有了，离艺术博物馆不远。我知道这只是一次普通聚会，可是我居然还照了一下镜子。我对着镜子拨弄了一下头发，对自己做了个鬼脸，然后赶到了咖啡屋。这个地方是斯坦福学生很喜欢的一个地方，环境好，安静，咖啡也好喝。我好不容易找了个座，坐下来，看看表，差五分钟八点，我和玲珑约好的时间。玲珑准时来到，我看了一下表，正好八点。我记起开学第一节课，她也是这么准时。

"你精确得像瑞士手表。"我看着她说。

"是吗？"她不置可否，"你对哪个方向感兴趣?"

"语音模拟。怎么才能模拟语言。"我回答说。

"这一方向其实还比较成熟了。三十年前就有语音识别，机器产生语言了。"玲珑好像不是很喜欢这个主题。

"是的，但是到现在技术还是远远不够，只是很机械地回答很少的几个问题。"我说。

"未必，你不知道而已。"玲珑说。她为什么总是神情那么严肃？

"那你对什么感兴趣？"我问她。

"思考，怎么模拟人类思考。"她一本正经地说。

"现在的人工智能技术就是模拟人类思考啊。"我笑了。

"不是，现在的技术只是机器的思考，太单一，虽然机器人早就可以下赢人类了。"

"好，那我们就选这个主题。天哪，好像很复杂啊。"不过我只想跟她一组，做什么其实已经不重要了。

讨论完毕，我们走路回去，夜色里有一种既清渺又浓厚的香气。

"你猜这是什么香？"我问。

"是栀子花。"玲珑迅速作答。

"回答正确。我小时候住在北京，我妈妈在阳台上养了好多盆这种花。可是有一阵老是掉叶子。"我高兴地说。

"那是施的肥浓度太大，磷酸二氢钾不能超过1%。"玲珑平静地说。

"你简直是一个数据库。什么都知道，什么都记得这么准。"我不由赞叹："你简直是个天才。"

"不是的。"玲珑认真地说。

"你小时候家里养花吗？"我问。

"小时候……"玲珑的语速慢了下来。"多小的时候？"

"嗯，就是上小学的时候吧。"我说。

"我……我不记得了。"玲珑回答。

"不会吧，你记性这么好。"我诧异地说。她是不是童年有什么创伤？

玲珑不再作声。我也不再。我们静静地在校园里走着，栀子花香还在眼前飘荡。我偷偷地看身边的她，还是那么笔挺，笔直地走着，心无旁骛，在夜色中，她的侧影无比迷人，高高的鼻梁，小巧的嘴。我深呼了一口气。到了她的宿舍楼，她微笑和我作别，我突然好想抱一下她。我觉得身体里有一种热流，我的肾上腺素一定超标了。可是她没有回头，我看着她走进楼，心里有一些怅然。

4

我们第二次讨论项目的时候，主体构思就出来了，我们准备模拟人类做决定的过程。为什么我们要做出某种决定，而不是其他的决定，为什么有些决定很快就做了出来，为什么别的决定迟迟不能做出？机器可以模拟多种决定的前因和后果，可以画决策树。而人类做决定的时候信息往往不够全面。

"但是，机器的决定太理性了。人类是一种感情动物，这也是人类的特别之处。"我说。

"所以，我在想当机器模拟人类思考的时候，如何加入一些感性因素。"玲珑说。

"有意思，看看我们先怎么把这些感性因素数字化。机器最后还是靠一堆冰冷的数据。"我说。

"是啊，冰冷的数据。"玲珑重复我的话。

那天我们讨论得很顺利，很快就讨论完毕，两个人分好了彼此要做的事情。然后我提议下一盘国际象棋。我小学就是海淀区的国际象棋冠军。我是想显摆一下吗？大概是吧。玲珑答应了。

我开局很好，但是玲珑后来居上，当她小声说"checkmate"的时候，我有点傻眼，真的没有回天之力了吗。

"错在哪？"我自言自语。

"你的倒数第三步，皇后不该去吃我那个小兵。"她柔声说。

我看着她，心里倒没有太多被打败的沮丧。

"看来我棋逢对手了。"我笑着说。

接下来的几周，我发现自己走到哪都会想着她，我想听她说话的声音，她思考的样子，她说话的声音，她说话之前总是眼睛一眯。我有一点慌，我父亲总说我是个开窍晚的孩子，不懂男女之情。那么，我现在是开窍了吗？我可不敢去问我父亲。我去问电脑，有一个软件叫Bobby knows everything。我和Bobby聊天有一阵了。他知道我的简单信息。我对着手机说，"我总是忍不住想一个人 。"

"噢，男的女的？"Bobby是个小卡通人，他迅速反应。

"女的。"我迅速作答。

"你的性取向？"Bobby又问。

"异性。"我和Bobby说话不敢太复杂。

"你想她的时候会心跳加速吗？"

"不会，但是会有一种麻酥酥的感觉。"

"你觉得她看起来很亲切吗？"

"非常。"

"你想上她吗？"Bobby是个成年人，他知道我也是成年人。

"想。"我不怕Bobby知道我的想法。

"恭喜你，你爱上她了。 "

我不再说话，Bobby也不再说话。机器人就是这点好，你不说话，他也不会主动和你说。

我决定给她发一个电子邮件。啊，电子邮件，多么古老的发明。

"亲爱的玲珑，我爱上你了。可以这么说。"我敲了这一行字以后，就什么都不敢再说，我按下"发送"健之后马上把电脑关闭。我觉得自己是世界上最傻的傻子。一秒钟之后，我马上又打开电脑。看来一秒钟之前的我还不是世界上最傻的傻子，现在的我才是。那句话怎么说的，爱情就是傻子的游戏，说得太对了。

她当然不会一秒钟之后就回信。事实上，她一个小时后也没有回信，一天之后也没有，然后……三天之后我见到了她，我们坐在那个咖啡老店讨论项目。她的脸上还是淡淡的微笑，好像什么都没有发生。我想说什么，但是我居然什么都说不出来。

我们就这样把项目做完，这样一起修完了这门课。学期结束了，要过圣诞节了，我决定回家之前跟她再见一次面。

北加州的冬天并不寒冷，我坐在咖啡店却打了个小冷战。玲珑家就在旧金山，而我却要飞到东海岸的波士顿。我们全家是我高中时从中国移民来美的。

"玲珑，你有收到我的一封电子邮件吗？"

"是10月30号那封信吗？"

"是。"我的眼睛一亮，她居然记得日子。

"我看到了。"她平静地说。

"那么……"我好像说不太下去了，我原以为这封信是不是在她的垃圾邮件里，被过滤掉了。

"可是，你的爱是指爱情吗？我不懂爱情是什么。我不知道怎么回答。"她看着我，认真地说。

她是用这种方式婉拒我吗？我看着她的眼睛，她的眼睛那么亮，如溪水一般清浅，却那么让人迷惑。都说女人是最让人捉摸不透的，果然如此。我很难过，难过地都说不出话来。那不是一个愉快的圣诞节，虽然父亲看见我非常高兴，母亲甚至眼里含了泪。

第二个学期再回到斯坦福，一切都变得熟悉起来，只是我的心情不再如第一次那样雀跃。

我还是能不时见到玲珑，我们都选了CS162算法的课，据说这门课很难。我喜欢挑战，看来玲珑也是如此。我们还是经常很愉快地交谈，我想，至少我们还是可以做朋友吧。

春天的一个周末我们一起去金门公园玩，我们走进了温室花园。高高的透明的椭圆屋顶下面是各种各样的花，玫瑰花，兰花，海棠花，芙蓉花，朵朵灿烂至极，鲜艳至极，这温室美丽得不似人间。

我脱口而出，"原来姹紫嫣红开遍。"我记得这是《牡丹亭》里的一句，我其实没有看过这本书，但是我小时候看过《红楼梦》。

"似这般都付与断井颓垣。"玲珑顺口接了下句。

"你居然知道这个，你不是在美国长大的吗？说实话这句我都不记得。"我诧异，还有几分欣喜。

"我还会作古诗呢。"玲珑看起来兴致不错。

我四处看看，"好，那么，就以海棠为题写一首诗。"

玲珑的眼睛一眯，过了片刻，她轻轻地说出了一首诗：

> 红霞淡艳媚妆水，
> 万朵千峰映碧垂。
> 一夜东风吹雨过，
> 满城春色在天辉。

我不由鼓掌，"太棒了，你比曹植还厉害，他是七步之才，你更快。"

"我喜欢海棠，据说它原是天庭里的花，到了人间，就没了香味，因为它的香魂留在了天上。"玲珑说。

"原来还有这样的典故。"我看着她，这个女子，样样兼通，文理俱佳，还这么美好，我心底有了一丝深深的遗憾。

"可惜你的眼里没有我。"我自言自语，眼里有了一丝黯然。

"玲珑，你……是不是有你喜欢的人了？"我的声音很小。

"我喜欢好多人。我的爸爸妈妈，我的爷爷奶奶，还有隔壁的Mr. Cayman。他们都对我好。"玲珑看着我，一脸的真诚。我叹了口气，心里却有了一股拧劲："玲珑，我一定要你爱上我。"我轻声说。

<h1 style="text-align:center">5</h1>

我寻找所有我能找到的机会靠近她。我搞清楚了她选哪几门课以及每天大致行程，而我总会在那个地方貌似偶然地出现。比如，每天她基本都是到"Bill's Café"吃早饭，周二周四她去Nvidia礼堂上算法的课，周三周五她去Bishop礼堂上操作系统的课，然后去Green图书馆自习。周六她会去一家杂货店做义工，把这个店子快到期但还没有到期的蔬菜水果打包送给一家慈善机构。她在这做了快四年，上高中就一直坚持做。她是个非常守时的人。这样我基本上可以守株待兔，出现在她面前和她说话。她基本上是一个人独行。看情形她还没有男朋友，这又让我看到了希望。

快放暑假的一个周六，玲珑照常去那家杂货店，我要求跟她去做一次义工："我的项目都做完了。然后，我以前做的义工太少。"

"你为什么要找理由呢？做义工是不需要理由的。"她笑着答应了。

那天天气有点反常的热，我和她把蔬菜水果打好包以后，开始装车，她推着一车苹果走出店子，向车的方向走去。我看着她挺直的背影走进夏日的骄阳里，然后，毫无预兆的，她突然倒了下来，就那么直直地倒在地上。我飞奔过去，我看到她的眼睛已紧闭，她的嘴角在抽搐。

"玲珑！玲珑！你怎么了！"我大声呼喊她的名字。

"Help！Help！"我听到自己的声音大得吓人。马上有人拨打911，救护车马上来了，连消防车也来了，场面混乱。她被搬到了担架上，然后放到了救护车上。我坐在她旁边，看着她。她仿佛沉睡了一般，脸上没有一点表情，像一个……植物人。

"医生，她怎么了？是中暑了吗？还是中风了？"我问医护人员。

"不知道，不知道，她的情况非常蹊跷。她连一丁点反应都没有。"

车子到达医院的时候，我看到门口的一对夫妇，我几乎可以肯定那是玲珑的父母，她长得像极了她的母亲。他们是怎么得知玲珑的消息的？杂货店现场，并没人知道她父母的联系方式。

我还来不及细想，玲珑已经被推进了急救室。我看见她父亲和医护人员说了一些什么，然后，医护人员不住地点头。他们一起进入了急救室，我被挡在了外面。

"请让我进去。"我恳求他们。"我是她的好朋友。"

"你是毅书吧？"我听到背后一个女性低柔的声音，我回头看到玲珑的妈妈站在了我的身后，她脸上有一种淡淡的忧郁。

"是的，伯母好。"我回说。

"真是个懂礼貌的孩子。"玲珑的母亲叹了口气，"玲珑总是提起你。"

"玲珑怎么了？"我焦急地问。

"我们刚才看了她，她应该没有大碍，你不必太担心。"玲珑母亲说。

"可是她一点反应也没有！"我的脸上一定写着焦虑两个字。

"也许我应该告诉你玲珑的故事，这也不是什么秘密，我们周围的邻居都知道她的情况。"玲珑的母亲深深地叹了口气。

6

"玲珑是我们唯一的孩子，她自小聪明伶俐，最重要的，她是个正常的孩子。"她母亲开始述说。

"事情发生在她八岁那年的夏天。她是游泳队的，有一天清晨我照常带她去练习游泳。我去了一趟洗手间，回来时她已经漂在水面上了。她泳技很好，那天她一定是脚抽筋了。因为太早，周围还没什么人，等我把她拖到岸上，她的心跳已经停止了。"玲珑的母亲开始流泪，"对不起，我说不下去了，我永远不能原谅自己。我会给你写一封信。告诉你她的故事。你现在回家吧，她没有大碍的。"

我握住了她的手，一个母亲的手。我决定先回去。

那天晚上我不停地刷新邮箱。在凌晨的时候我收到了一封信。

"毅书，对不起，我今天有些失态。玲珑没事了，但是她需要在医院休养几天。我答应要告诉你她的故事。

"玲珑是个奇迹，她在心跳停止了十五分钟后被急救过来了，但是因为缺氧她的脑神经细胞大多数已经死亡，她成了一个植物人。她父亲是Google的资深电脑工程师，他决定做一项从来没过的实验，在玲珑的脑子里安装一个超级电脑，用量子电池和太阳能供电，使用深度神经网络模仿人类大脑中神经元的构造，通过大量的神经元互相连接协同变化，最终产生智力和意识。简单地说，就是在她脑子里装一个人工脑。这是一项巨大的工程，我们不停地请求Google的帮助，终于Goolge答应启动这个名为LLL的项目，LLL就是Love LinLong的缩写。

"这是个非常复杂的工程，因为我们要模拟智力和意识。智力方面还好办一些，阿尔法狗多年前就可以下赢人类了。麻烦的是意识，就是理解力，好在玲珑的大脑还有一部分幸存的神经细胞，我们决定通过电脑模拟神经节点刺激来模拟意识。另外我们还要控制身体里的化学元素，这是一项涉及到人工智能、神经学、生物学等多项学科的大工程。

"老天保佑，这个项目在两年后，她十岁那年终于正式启动了。一开始的时候还很不成熟，她的行动非常非常僵硬，但是，至少她可以下地行动了，一年后，我们又在电脑里安装了语言系统，她可以慢慢说话了，虽然是用标准的语音，和她自己的声音已经大不一样了。一直到现在，我们都在改进她的大脑系统，现在她的人工脑已经比九年前成熟多了，另外通过各种理疗，她自身的意识也在慢慢恢复。智力上，她是超级聪明，但是理解力和感情上，她还是非常不成熟，还没有办法理解复杂的感情。而且她的行动还是比较僵硬……

"对了，玲珑对于十岁之前的事情毫无所知，因为那一部分记忆丢失了……

"她今天突然晕倒是因为控制她大脑的计算机出了一点小小的故障，这样的情况以前也出现过几次，她晕倒前会发出信息通知我们。我们在重启电脑，并对所有数据备份和审查。她现在已经恢复过来了。但是还是要休息几天。"

我猛然想起我初见她时，她跟我说她脑子里有一张校园地图，我以为她是冷幽默，原来她是在陈述事实。难怪她走路笔直，目不斜视，总是那么准时，而且不记得小时候的事，难怪她说她不懂爱，是的，她是真的无法理解人类那么多复杂的情感的！尽管她下棋可以赢我，可以迅速作出唐诗，尽管她的记忆力超强。

"那么，她是一个有着人类身体的机器人？"我听见自己对自己说出了这句话。

我辗转反侧，无法入眠。我能接受一个机器人或者说是半机器人吗？我们还是同一个物种吗？我们生出来的孩子是纯正的人类吗？我的思绪混乱极了。那个词怎么说的，"生命中难以承受之重"。这是一个沉重得有些难以承受的真相。

第二天一早我就起来了，迅速到了医院。她父亲和母亲一直在病房里陪伴她。我走到她的病床前，她已经恢复过来了，眼睛还是那么清亮如水。

"玲珑！"我叫她。

她的眼睛熟悉地一眨，——是的，她的眼睛一定是开启程序，开启她思考的按钮。

"毅书，你好！"她的程序调动起来了，她一定是通过模式识别认出了我的脸。我心里有些难过，但是她的脸是多么好看，她笑起来像幼儿园的孩子，我的心一软。那个真相真的有那么重要吗？她的身体是柔软的，她的血是热的，她的大部分生理特质都是和我一样的，只不过她的大脑是用计算机控制的。等等，只不过……也许，这个"只不过"用在这也许太避重就轻，但是，这些真的那么重要吗？即算她是机器人，人和机器不可以有感情展开吗？我们为什么要受那么多条条框框限制？我突然心底澄明了，我爱她，我已经无法停止对她的爱，那么，就只有让爱牵引着我往前走。

我想起自己曾经说过的誓言，"玲珑，我一定要你爱上我。"我握住了她的手，她的手有些凉。我爱她，之前是仰慕，而现在，更多是怜惜。不变的是我的誓言，是的，我要她爱上我，我不在乎她是机器还是人。

那天，我和玲珑的父亲聊了很久。

"你可以到我们Google的实验室参观一下，看看我们以前的数据和她所有的进展。模拟复杂的感情实在太难，也许还是要结合人工智能和她自身意识的开启。最难的是打通意识之门。我们现在试着以模拟的树突与轴突连接的神经元为起点，通过电压脉冲刺激幸存的脑细胞来产生意识。"他父亲说。

"有没有办法找到某种频率相近的刺激促进她自身脑细胞的生长？"我问。

"这个思路很好。另外，玲珑深度学习的能力特别强，可以在短短的时间里自行纠错，学会一项技能或者是语言。她精通四门语言，英文、中文、西班牙语和葡萄牙语。"

我开始疯狂地研究人工智能和神经生物学，如何加入复杂的情感，如何模拟复杂的感受。首要的任务就是加入意识，自我意识，意识到自己是谁，意识到自己身体的每一个部分，意识到自己和这个世界是分开的。意识不是机械地服从口令。然后我们试图通过意识调节体内的各种化学元素。化学元素是控制我们身体情感的调酒师。比如多巴胺是控制爱情的，5-羟色胺是和抑郁息息相关的……我翻阅了大量的论文，我不停地调试各种程序。除了上课，我业余的时间几乎都泡在Google的实验室了，好在Google和斯坦福离得不远。有好些个夜晚，我在计算机面前疲乏得快要入睡时，总是打一个激灵，然后接着演算。我不知道我怎么有这么大的劲，也许就是那句俗得不能再俗的话，爱，就是力量。

玲珑同时也在做各种理疗，职能治疗，物理治疗，增强她的触觉和对自己身体的掌握程度。有几次，我和她走在一起，我会有意无意地碰她的手臂，她会转过脸对我笑，而以前，她是没有一点反应的。

　　老天大概也是眷顾着她的，一年多以后，我和 Google　LLL 团队把这个程序实验版输入了她的大脑。这个程序包含了许多子程序，比如爱情，慈悲，怜悯，同理心。

　　第二天我跑去看她，她还是那双天真的眼睛。她的目光并无异样。

　　"哪有那么快。"我暗暗嘲笑自己。

　　来年的春天，我带她去看油菜花，Livermore的油菜花是出了名的美。我们坐的是无人驾驶车，我们并肩坐在后排，她的头发拂过我的脸，痒痒的。然后，她的手握住了我的手，"看，那么一大片的油菜花，真美！"她回过头冲我一笑，她的眼里充满了柔情，是的，似水的柔情，一种我从来没有见过的柔情。我轻轻地把她搂在怀里，她的身子颤了一下，我把车速调得很慢，我们就这样坐在无人的车里，慢慢地开进了这油画般的田野，那车子好像可以一直可以开到天荒地老。

　　我可以牵着她的手在校园里走了，我可以把手搭在她的肩上了，她的脸上有了一种妩媚的笑，她的眼睛会追随我的身影，我们已经测试到她身体里荷尔蒙的变化。是的，她是一个恋爱中的女孩。

　　夏天的一个傍晚，我带她去爬山，金门桥北面的山，我们爬到了山顶，可以俯瞰下面的金门桥，桥下是水，一边是太平洋，一边是海湾。海湾那可以看到白帆点点，而太平洋的水是一如既往的苍茫，还带了一点翡翠冷。

　　"风好大。"玲珑说。

　　我把她搂在怀里，"还冷吗？"

　　"不冷了。"她转过脸，双手环住了我的腰，她的脸有一种透明的玉质般的白，她的眼睛温柔似水。我低下了头，她有一些慌张，我用力地抱紧了她，她终于不再躲闪。她的唇非常的柔软。

天色渐黑，我们站在山顶仰望星空，我喜欢天文学，我总是好奇我们这个星球之外的世界，我指着火星说，"瞧，也许有一天我们可以一起到那里旅游。"

那一段日子美得像肥皂泡——有爱的日子。她整个人都变得柔软，不像我初见她时那般一板一眼。我给她取了一堆的绰号，little dragon，LL，double L。

"我也给你取个外号，你的名字里有个毅，我叫你'一一'。"玲珑说。

"那我叫你'二'吧，double就是二，L念起来像二，一和二永远紧跟着。"我笑了。

"你好有心。一一，这好像是个古老的电影。"玲珑笑了。

"是吗？"

"让我查查。"玲珑的眼睛眯了起来。

"《一一》，2000年台湾导演杨德昌执导的一部电影，英文名字叫《A One and a Two》"。片刻以后，玲珑说。

"有趣，一和二，我和你。"我笑了。

"一一，你不觉得我们两个是疯子加傻子吗？多么的不可思议。我……是半个机器人，而你是个天真的人。"玲珑说。

"爱情本来就是傻子的游戏。"我笑着说。

"只是不知道我们能走多远。"玲珑似乎很悲观。

"时间会告诉我们一切的。"我听起来比她有信心。

最初的反对来自我父亲。那年秋天他出差到北加州，顺路来看我。他恰好看到我和玲珑手牵着手。我只好把玲珑的大致情况告诉了他。

他的眉头紧皱，"你知道你在做什么吗？你从小就是个天真的孩子，比别的孩子都缺一些心眼，我一直保护着你的天真。但是，这一次，我必须提醒你，这太荒唐了。"

"为什么？"我的眉头也皱了起来。

"她根本就不是正常的人。而且，她一定没有办法生育。"父亲说。

"谁说她不是正常人。"我孩子气地反驳。说实话，我从来没有想过生孩子的问题，那是个多么遥远的事情。

"我不需要多说了，你是个聪明的孩子。"父亲从来都是点到为止。

我不知道他的话到底有什么影响，虽然我心底并不承认有何影响。事实是，我的确不如刚开始那么想她了，也许，这只是一个非常正常的过程。我得承认，我的确过了那个劲了，那时候，我一天不见到她都会难受。那时候，我一心想的就是如何让她爱上我。当她真的爱上我的时候，我有一点点松懈了。男人或多或少都是如此吧，大概我们生性就是要追逐，当猎物到手，我们的爱情也已经死亡了大半。

但是玲珑是超级敏感的，我的每一点变化，都被她数字化，存储起来。

"你不如以前那么爱我了。"有一天，我们一起吃饭的时候，她很悲哀地说。

"傻孩子，怎么会。"我笑着说。

"这一周内你已经有三次没有来我的宿舍找我了，都是我去找你。你以前平均两天夸我一次，一堆的溢美之词，你现在都不夸我了。"她的眼睛一眨，好像看透了我的心思。我突然有点害怕她，她的数据这么精确。

"我不喜欢被人规定什么。"我突然很负气地说。

"我并没有规定什么，我只是陈述事实。"她变得很严肃，就如最初的那个她。

我放下手中的叉子，不再说什么。冬天的斯坦福并不萧瑟，我看着周围的人来人往，他们每一个人都行色匆匆，像在思考着什么。

过了几个星期，计算机系和物理系共同举办了一个竞赛，模拟星际穿越的途径，如何从一个星球穿越到另一个星球。我自小就对天体物理感兴趣，兴致勃勃地要参赛。玲珑也准备试一试。

"你就不要参加了吧。你是机器人，跟你比赛不公平。"我半开玩笑地说。

玲珑脸色骤然一变，"原来我在你心目中不过是个机器人。"她转身就走。

"玲珑！"我在她背后喊，她径直往前走，头也不回。

那一个星期，我试了各种方式联系她，她一律不回。

"是我不好，你不要生气。"我一再地恳求她。

她一直沉默。我只好每天跑到她宿舍楼口等她。终于，在两个星期后的早上，她走到我面前，"唉，我们和好吧。"

"是我说错话了。"我握住她的手。

"你不过是说了心里话，是我心眼太小。我自卑又骄傲。"她低下了头。

"玲珑，你倔犟得让人心疼。"我叹气。

"其实这是个一直困扰我的问题，我到底是机器还是人？"玲珑的眼睛又眯了起来："我的智力比常人高，那是因为我脑子里有超级电脑帮助。我入学时在我的申请陈述书里如实写了我的情况。斯坦福大学录取小组为此展开了一场非常激烈的讨论。我到底算人还是机器？录取我对别的学生是否公平？人和机器的关系是怎样的？最后他们还是决定录取我，有很大一部分原因就是想做一个实验，看看我到底会不会被这个社会接受，会以一种什么样的身份被这个社会接受。可是我自己特别的疑惑。有时候，我觉得自己是没有identity的人。"玲珑一口气说了好多。

"噢，是这样。"我突然特别同情玲珑。然而，同情就意识着我们之间是不平等的。我明白玲珑这次为什么反应会这么激烈了。原来，她是为自己这样的身份尴尬，自卑。

"我们每个人都在为自己的identity苦恼，困惑。"我安慰她。其实我自己也为她的身份纠结过，矛盾过，我所没想到的是她内心有这么深刻的纠结和疑惑。

她不再言语。但是我再一次困惑了，玲珑是完全意义上的人吗？而这个很重要吗？

8

第二年系里有一个名额去北京大学做一个学期的交换学生，这是斯坦福和北大之间一个历史悠久的交换项目。我很想回北京看看，毕竟我十四岁之前都一直生长在那个城市，我怀念秋天的香山，那时候我经常爬到山顶，看这座城市在脚下沉思。我写了申请信，很快就被批准了。

"我会给你写信的，我们天天可以视频。"旧金山机场，我对玲珑这么说。

她看起来有些黯然，"不必每天都写，这样反而无趣了，你不是不喜欢被规定吗。"她记得我说过的每一句话。

"你是想逃避什么吗？"她突然问了一句。

"怎么会。"我条件反射地回答，心里有一点发虚。

我和她挥手作别。她一直站在那，身子还是那么笔挺，她没有哭，脸上也没有笑。那天旧金山下着雨，我突然想起《桃花扇》里的一句"大抵人生聚散中，灞桥官道雨濛濛。"

距离是一个神奇的东西。

当我们相隔千万里的时候，我又非常非常想念她，我突然意识到，我其实还是无比地爱她，只是隔得近，反而不觉得了。她是那么特别的一个人，敏感又执拗，高傲又自卑。

我觉得我们又回到了最初的热恋，我们有各种各样的联系方式，电话，视频，我最喜欢的是斯坦福一个犹太同学史蒂文开发的应用程序，叫ConnectToNoWhere。手机，电脑，无缝转换，音频，视频，写字，什么都可以，而且，可以匿名，可以实名。我周围的一拨朋友都在用。

我的晚上，玲珑的早上，我们聊得开心。有时候，我会从勺园走到未名湖畔，把北京的夜色拍下来发给她。

"北大的校园特别美。"我跟她说。

"比斯坦福的还美吗？"玲珑问。

"不一样的美，各花有各花的好。"我说。

"你早点回来吧，我好像很想念你。"玲珑说。"我以前不知道想念一个人的滋味，真的不好受。"

"可是我才刚到北京啊。"我心里小小的感动，又很欣喜，她的意识进步了好多，思念是一种复杂的体验。

"我会珍惜你的。"我又加了一句。

二月底的时候我接手了一个项目，做一个中美人工智能方面的交流论坛。我要联系中美两国顶尖科研机构的专家，联系北京的场地，媒体，各种各样的事情，我忙得一塌糊涂。幸好红岭愿意帮我，她是北大的学生，和我颇聊得来。

那天晚上我接到了玲珑的电话。

"你已经有一个星期没有和我联系了。"她一开口就是讨伐的口气。

"毅书，看看这盆花摆的位置如何？"红岭在会议室那头喊我，会议明天开始，我们几个人连夜布置场地。

"她是谁？你新认识的女孩吗？"我还没来得及回话，玲珑已经发问了。

"是的，我们一起做一个项目。"我如实回答。

"很好，我们也是从一起做项目开始的。"她的言语里带着讥讽。

"毅书！"那边的红岭还在喊我。

"我们就是普通朋友。我回头再跟你说，我这边实在忙不开。"我匆匆挂了电话。

我没有意识到的是玲珑的意识已经进步非常大了。我更没有想到玲珑会去hack我的账户，把我的各种社交软件翻了个遍。事实上，hack一个帐号对于超高智商的她来说简直是雕虫小技。

"你们通信那么多，还说是普通朋友。"当我终于有时间和她对话时，她告诉我。

"你居然hack我的账号了！"我大吃一惊。我更吃惊她还会告诉我，看来她的思维还是过于简单。

"不可以吗？"她这次是询问的语气。我有些难过，她的机器脑还是太机械，她还不太懂社交规则。

"下次不可以这样了。这是违背社交规则。"我轻声跟她说。

"好。"她乖得像个小学生，我的心一软。

9

3月14号是Pi Day，是的，就是纪念圆周率的一个小节日。玲珑颇有兴致地发了一个应用程序给我，自动在图片上画出圆周率后面1000位的数字，最后，这些数字变换飞舞定格成我的名字，"毅书"。最妙的是背景还配了用圆周率谱成的一首钢琴曲。

"Happy Pi Day！"她把软件发给我，"是我写的。"

"谢谢：）"我只是简短地回了她。

"这么客气，一个字都不肯多说。"她在ConnectToNoWhere那头说。

我没有再回答。我手里有个急活。

我忙了一个星期，都没有意识到她没有如往常那样找我说话了。然后，又是一个星期，我有些沉不住气了。

"二，你在干吗呢？"我发信问她。

一个星期以后她终于回了话，"不干什么。"她的回答不冷也不热。

我们继续各种交流，不咸也不淡，我只觉得哪里不对劲。但是我说不上来。我心里有点发慌。

我是六月份收到玲珑的一封长信的。背景配的是那首《Pi之歌》。

毅书：

你看到这封信的时候我已经在飞往巴西的飞机上了。

想一想我的人生真是太戏剧。但是无论如何，感谢上天，让我遇到你。你是那么可爱的一个人，纯真，热情，有趣。谢谢你给我一种从未有过的复杂体验。

我却没有想到爱是这么强烈的东西，强烈到我这样特质的人无法承受。我更没有想到有爱就有痛，他们根本就是一体的。我的思维无法承受你的爱一点点变淡，尽管我知道这是爱情的必然过程。我更无法承受思念之苦，你刚去北京那些日子，我晕倒了好几次，因为我体内的化学物质失调，引起了电路短路。我父亲非常担心我。

然后是那个女孩子的事情，我居然非常非常吃醋，久久难以释怀，我知道你们之间并没有怎样，但她让我无比自卑，因为我不是一个正常的人，而她是。你知道，我一直为自己的身份纠结。我不知道自己还能不能被称作人类，而人类和机器之间可以存在爱情吗？我曾尝试做一些人与机器之间关系的伦理讨论，但我一直没有想通这些问题。我觉得自己就像海棠花，没有花香，也就没有了魂。你原可以拥有一个正常的爱人，而不是我这样奇怪的东西。我很难过，为你，也为自己。我看了你父亲和你的通信，他不能接受我。我不要你为难，但是我实在割舍不下。

最后一根稻草是Pi day的事，我花了那么多心思做的东西你都不稀罕。我只觉得我的付出无法得到同样的回应，我很受伤害。我的思维还是太简单，不知道怎么排遣。我熬过了一个一个你不回信的夜晚，发现你带给我的痛苦已比快乐多。我怀念没有爱上你之前平静的心境，心如止水，没有什么可以打动我。我决定等到期末的时候结束这段感情，到那时我全部修完斯坦福的课，可以毕业了。

我准备去巴西，在那里，30年前曾经爆发了小脑症，那些孩子现在有三十岁了，很多行动不能自理，我觉得那里更需要我。

在去巴西之前，我请求我的父亲把爱情这个子程序从我的大脑里卸下。爱和死亡是这世上最让人震撼的两个主题。我已非常幸运，逃离了死亡，重新拥有了生命，爱情于我，是一个奢侈品，不要也罢。你不要来找我，要相信以我的智力，你也是无法找到我的。

还是让我们回到相遇之前，那时候，你不知道世界上有个我，我也不知道世界上有个你。

在程序卸下之前，让我再说一遍，我爱你。

永远祝福你的玲珑

"玲珑！"我在心里大喊，心里像是被一束闪电击中，有一种尖锐的疼痛脱鞘而出。我跑了出去，跑出了北大的西门，我一直跑，一直跑，一直跑到了香山顶上，我对着山下那个一直在思索的城市大声地喊："玲珑！玲珑！"我仿佛又回到金门大桥的北山，我和她相拥俯瞰金门大桥，那一夜星空灿烂，到处都散发着海棠的芬芳。

如果时光可以倒流，我愿意重返2046的那个秋天，让我再一次在那个路口碰到玲珑。而这一次，我会紧紧地握着她的手，永远都不松开。

时光可以倒流吗？

我在凌晨醒了过来。房间里是淡淡的蓝光，蓝光有助于调整失眠。这是我从国际太空站返回地球的第三个晚上，我的睡眠还是没有完全调整过来。

"Papaya，几点了？"我开口问。Papaya（木瓜）占据了智能手表的80%市场。它在多年前打败了一家叫Apple的老牌公司。

"美国东部时间凌晨两点。"我的智能手表用标准的牛津口音回答。我厌倦了美国口音，前一阵刚换成英式英语。

"才两点。"我叹了口气，继续躺在床上，脑海里回放我在太空站俯视地球的壮观场景。这是我第五次进入太空，但是依然为飞船外的景象震撼。白天是翻腾的白云和蓝色的海，那浓郁的白和普鲁士蓝交错糅合在一起，清远明朗。远处是暗绿的极光，神秘幽深，有一阵，那绿色把这云和海都吞噬了，云和海便都成了绿色，绵延千里的绿色。最妙的是晚上的时候看地球的灯火万家，连延不断，灯火如天上的似水繁星，在蓝黑的丝绒布上一片片铺陈开来，成了一条巨大的火龙。

人类文明以这种璀璨辉煌展示在银河的一角，不知道更遥远的星系里可有类似人类的智慧生物注意到一星一点？

我在迷迷糊糊的思索中又睡了过去，很快被手表的定时铃声吵醒。

"亲爱的毅书，现在已经七点了，您在哈佛大学的讲座九点开始。"智能手表用我还略为陌生的牛津腔提醒我。

我颇费了一番力气才从床上爬起来。洗漱的时候我瞄了一下镜子，我注意到鬓角多了根白发，我迟疑片刻，把它拔掉。

我叫的无人出租车准时到达。我上了车。

"确认一下，您是要去哈佛Smithsonian中心吗？"前排的话筒里传来一个温柔的女声。

"是。"许多年前的无人车还无法和乘客语音交流。这个时代不停息地往前走，我在心里叹了口气，看着窗外。

"好的，大约二十分钟后到达。请系好安全带。"

"谢谢。"

"不客气，您想听点什么音乐呢？"还是那个温柔但是颇为标准的美式发音。

"大提琴曲《殇》。"

"好的。"

那首《殇》在车内响起，忧伤的曲调，一片片的孤寂在车子里回旋，我突然就想起了很多的事情，很多的人。我沉浸在音乐里，许多的往事和故人在后视镜里浮现。直到出租车提醒我哈佛Smithsonian中心到了，我才回过神。这是哈佛大学天文系办的一个讲座。天文系的史蒂文教授是我在斯坦福的同学。这次他得知我回波士顿父母家，力邀我来做一个讲座。

我没有想到来了这么多人。我知道哈佛的天文系不大，看来他们是做足了广告，教室挤得满满的。

"今天非常高兴请到人人太空（Space For Everyone）公司的宇航员方毅书先生和我们分享他做宇航员的经历和他的人生梦想。毅书和我是二十四年前在斯坦福结识的，我们一起做了一个星际旅行的模拟项目。

毅书我和有很多相似之处，比如都是tech nerd和狂热的天文爱好者。另外，我们对衣服的品味都很糟。"史蒂文是个大个子的犹太人，他说完习惯性地一耸肩膀，一咧嘴，露出一口整齐的牙齿。

"谢谢，谢谢！"我听到最后一句，也笑了。我拍了一下史蒂文的肩膀，看着眼前一张张年轻的脸，斯坦福的日子不紧不慢地向我走过来，我有一种时光交错的感觉。

学生们的天分和热情让我非常开心。最后问答阶段不断地有人问我问题。

"为什么想到要去人人太空?"

"因为，我那时侯在一个计算机咨询公司做得点厌倦了，人人太空是几个从 Space X 里出来的大牛办的，规模还很小，需要一批计算机方面的人，刚好我做过一个星际模拟项目，他们觉得我合适。"

"你每次去太空站那么久，你的家庭孩子怎么办？"

"啊，我还是单身。"我没有说我之前有一个谈了许久的女朋友，但是她最终还是选择离开，因为她实在受不了我一去太空就是那么久。

"你为什么喜欢去太空？"

"因为在那里可以看到地球的每一个角落。"

"你们一般有几个人同去太空站?"

教室门口闪过一个身影，一个高高瘦瘦的身影，黑色的长发披肩，一个东方女孩的身影。

"玲珑！"我心里一惊，忍不住脱口而出。

"对不起，今天的讲座先到这结束吧。"我没有回答那个问题，和史蒂文匆匆说了一句，就跑出来教室，留下一屋子诧异的学生。我顾不了那么多，我要追上那个身影。

她走得很快很轻盈，我看到她走过法学院，科学中心，又走过一个教堂，我在她背后大声地喊"玲珑！"然而她没有一丝反映。快到哈佛广场时，我觉得我马上就要追上她了，但是前面突然来了一堆人，他们都要在 John Harvard 的雕塑前合影，还都要去摸雕像金光锃亮的左脚——据说这会带来好运。然后她的身影就在那群人中消失了。等我穿过那群人，却怎么也看不到她了，哈佛广场周围是一树树开得如红云的桃花，不见她的踪迹。"人面不知何处去，桃花依旧笑春风。"我站在那，四处张望，心里沮丧万分。

11

春风里，我向查尔斯河的方向慢慢走去，我少年时代住在波士顿，常来河边。我沿着肯尼迪大道一直走，一直走到了 Anderson 桥上。我走到桥中间，看桥下的流水，还是那条河，我十四岁就一次次见过的那条河，那条流了千万年的河，仿佛还是一如既往的平静。我抬起头往对岸望去，春天的查尔斯河两岸都是新绿，绿得晃眼。当我再度往哈佛校园望过去的时候，我简直不敢相信自己的眼睛，我看到她一步步往我的方向走来，高高瘦瘦，一袭的长发披肩，玉质般的皮肤。

"玲珑！"我不由喊出声。

她看了一眼我，微微一笑，继续往前走。

"玲珑，你不认识我了吗？我是毅书！"我对着她的背影说。

"你是对我说话吗？"她转过身，看着我，眼里有点诧异。是的，是她，就如二十四年前的玲珑，我第一次在斯坦福遇见时一样的年轻，美丽，我的眼睛有点湿润，我忍不住走上前抓住她的肩膀，"玲珑，再看看我，我们分开二十一年了，我们最后一次相见还是在旧金山机场。你还记得吗？"

"二十一年前……那时候我还没有出生呢。"她眼睛里满是疑惑，"对不起，你一定是认错人了，我叫 Rachel。"

我仔细看她，的确是有些不像，她的嘴似乎更大一些，线条也更柔和。是的，二十一年过去了，玲珑怎么可能还是这么年轻？只是我脑海中一直保留着她离开我时的样子。

"对不起。"我失神地松开手，"是的，我认错人了。"

"那么，再见，希望你早日找到她。"她微微一笑，继续往前走。我看着她的背影旖旎远去，她走路的样子好看，非常的轻快柔和，楚楚有致。

"伤心桥上春波绿，曾是惊鸿照影来。"我收回目光，看着桥下的水波，不由想起了陆游那首诗。

我回到家，不由自主点开了玲珑的相集，二十一年了，我无数次翻阅她的照片。我把她的照片用激光全息技术做成了三维，我打开相集，她的形象就立了起来，只可惜还是静止的。我在暗夜里看着一个个微缩的玲珑站在我眼前，或纯真明快，或凝视思索。我伸出手触摸她的脸，但是却如触摸着空气。我心里难过万分，难道，这辈子就再也见不到玲珑了吗？

二十一年前的2049年，我从北京回到旧金山，我在斯坦福校园里每一个角落流连，那里曾有我们携手走过的足迹。我跑到Google实验室，找到玲珑的父亲。

"唉，玲珑这孩子太执拗，而且我也的确担心对她刺激太大——她晕倒次数太多，就把爱情程序下载了。"她的父亲说。

"我实在没想到她如此决绝。早知如此，我一定不会去北京。"我难过地说。

"也许再给她一些时间吧。她现在在巴西，每天都过得很充实。"她父亲说。

我不语，还能做什么呢。我还有一年就要毕业了，我把自己弄得很忙，选了好多天文、哲学、历史等和计算机无关的课，我就是要自己忙得团团转，忙得没有时间也没有气力去伤心。我费了很长一段时间才把自己打捞出来。

2050年，我毕业了，去了一家科技走势咨询公司。我几乎每周都在飞，遗憾的是公司还没有南美洲的客户。

一年后，我回到旧金山。我又去Google找玲珑的父亲，却被告知他辞职离开了Google，也没有他新的去向。我简直惊呆了，我以为玲珑的父亲会一直在这，只要他在，我就一定能找到玲珑。我给她母亲的电邮被即时退回，说地址不存在，我在网上搜索他们的信息居然一无所获——干净得让我怀疑一定是他特意删掉所有资料。他们一家人就如水汽一般蒸发，连一点信息都不留。这到底是怎么回事？然而没有人回答我。过了几年，我去了人人太空，一个机缘巧合，我成了宇航员。我喜欢到太空去，仿佛到了太空，那种痛楚和思念也会失重，并因此减轻。我无数次从太空俯瞰地球——那个蓝色的星球。我能看到那个长长的山脊，那是安第斯山脉，纵横南北，是世界上最长的山脉。它的最北面的山脉是亚马逊河流的发源地，我顺着那一直找到河流的最下游，那里是巴西，而玲珑在巴西的哪一个角落呢？我凝神看着那个蓝色的星球，我在试图用这种方式找到玲珑吗？我叹了口气，对自己的傻气摇了摇头。

<h1 style="text-align:center">12</h1>

岁月如匆匆流水，一晃就到了2070年。我却一直都记得那个秋天，2046年的秋天。那一年我刚刚进入斯坦福大学，生活就如一张白纸，有那么多的可能性。

玲珑离开我是2049年，在过去的二十一年里，我无数次认错了人。世界上有那么多酷似玲珑的背影，却没有一个是她。

而今天，我居然碰到了一个不仅仅是背影，连样子都如此相像的姑娘，她是谁？为什么和她如此相似。我清楚记得玲珑是家里唯一的孩子。我非常懊悔上午没有询问那位姑娘的信息。

她在哈佛出现，那么，她是哈佛的学生？我为这个想法激动，开始搜索，我对着我的智能手表说，"请搜索Rachel，哈佛。"

"有3300万条信息返回，初步深度计算筛选，大概有1000条符合你的要求。"

"那么，搜索Rachel Yu，哈佛。"

"有100万条信息返回，初步深度计算筛选，大概有300条符合你的要求。"

最后，智能手表锁定两位叫 Rachel Yu 的哈佛学生。一个是商学院的，一个是数学系的。

第二天我又跑到哈佛。我已经查好了商学院的课，我等他们下了课，问那些学生认不认识 Rachel Yu。我问了几个学生，就找到了商学院的 Rachel Yu。她有一张可爱的圆圆的脸，但是她不是那位姑娘。我用同样的方式找到了数学系的 Rachel Yu。她个子小巧玲珑，也很美，但她不是我要找的Rachel。

那天从数学楼出来后，我不觉走到哈佛学生的一个跳蚤市场，这里有各种学生兜售的物件，有两个墨西哥裔的学生在那弹奏一种类似于排箫的乐器，非常独特的声音，空洞清远，像是来自另一个星球。曲终人散，我站在那，怅然若失。我回过头，猛然又看到了那个背影，是她，今天是一袭紫色的裙子，窈窕高瘦，她站在一棵桃树下，入神地看着挂在那的一些仿名画，梵高的橄榄树和Café。桃花一片片飘落在她身上。蓦然回首，那人却是近在眼前！

"你好！"我疾步走了过去。

"是你，我们上次有在河边碰到。"她认出了我。她说话有不太明显的台湾腔。

"是的，你是哈佛的学生吗？"

"是的，我是大一的新生。"她微笑作答。

"你的中文真好。"

"我在台北长大。"

"你姓什么？"我有些迟疑，我知道我问的太多，但是我很好奇。

"噢……我姓陈。"她果然脸上掠过一丝诧异，但是她还是回答了我。

"对不起，你太像我的一个老朋友了。"我喃喃地说。我看着她，如此相似的一张脸，我多想抚摸那张脸，但是我知道我不能。有一些东西，那么近，又那么远。

"很遗憾。"她客气地说。

"你站在那，让我想起了一句古诗，'人闲桂花落'。"我说。

"噢，有意思，我倒想起另外一句，'坐久落花多'，都是王维的。"她笑了。

"你的古文这么好！"我吃惊。

"我从小就在中文环境长大，很奇怪吗？"她微笑。

"是的，因为……我的那个朋友古诗功底也很好。"

"你的这个朋友是怎么回事？"她的眼睛里闪着好奇。

"不如我们一起喝杯咖啡。"我提议。

我和她走到哈佛广场旁边的一家叫"Crema Café"的咖啡店。

我喝了口咖啡，有一种恍如隔世的感觉，好似我和玲珑第一次约在斯坦福的咖啡店讨论项目。我开始缓缓地跟她讲述玲珑的故事，讲到最后玲珑卸下爱情软件，独自去了巴西，Rachel的眼睛早已湿润，"太让人难过了。她怎么可以这样狠心。"

"唉，我也不知道。我只想再一次见到她。"我望着眼前的那一树树桃花，呼吸着空气里桃花的清香。

"她的中文名字是哪几个字？"

"玲珑。玲珑是玉的声音，取其清越。"我回答说，玲珑以前跟我说起过她名字的来历。

"你是说她叫玲珑……那么，她姓什么？"

"姓于，所以她自称玉玲珑。"我注意到Rachel的脸色不太对。

"你知道吗，我的中文名字叫瑞琪。瑞是一种玉器。然后，我的父亲姓于。我跟我母亲姓陈。"她看着我。

我的心跳开始加速："你有一个姐姐叫玲珑吗？"

"我的父母从来没有跟我提起过。我一直以为我是家里唯一的孩子。"

"你有你父母亲的相片吗？"我屏住呼吸。

"有的。"她打开她的智能手表，"Papaya，相片。"她也用Papaya。

"拜托问一下要看谁的相片？"她的智能手表用台湾腔的中文问她。

"我父亲母亲，前一阵他们送我到哈佛上学时的照片。"瑞琪回答。

我看到了两张熟悉的脸，是的，是他们，他们头发白了许多，他们苍老了许多，但是，我有80%的把握，我的记忆力不错，虽然和玲珑不是一个量级的。

"这是你的父母亲？"我的声音有点沙哑。

"是的，他们一直住在台北。"

"有他们二十年前的照片吗？"

"Papaya，我父亲母亲二十年前的照片。"Papaya只听她声音的指挥。

智能手表屏上出现他们。我现在可以百分之九十九确定那是他们，剩下的百分之一是出于一个科学家的谨慎。

"我可以确定这也是玲珑的父母亲。"我的声音发颤。她张大了眼。

"你是哪一年出生的？"我问瑞琪。

"2052年。出生在台北。"瑞琪说。

"玲珑是2049年离开我的。那么，她现在在哪？"我望着天空，忧伤从最底层泛起。

"我得把这件事搞清楚。"瑞琪紧锁着眉头。"暑假我回台北，你要和我一起去吗？这件事最好当面问他们。"

"好。"我简短地回答。

<h1 style="text-align:center">13</h1>

七月初，我和瑞琪同机到达台北桃源机场。我们坐的是超音速2.3倍的飞机。波士顿到台北不过六个小时。我们也聊了近六个小时。没想到我们居然还有不少共同话题，我只觉得我们会有代沟。大概我们都是在中文环境里长大的。我是高中时候移民，她倒是一直住在台北。有好几次，我觉得自己是和玲珑说话，但是她专注的眼神总提醒我那不是玲珑。瑞琪的眼睛更大，她可以长时间盯着我眼睛不眨，那不是玲珑。

她家住在新竹，离台北很近，坐子弹火车半个小时就到。我订了国立清华大学附近的一个民居式旅店。瑞琪打算自己先回家。"我得找机会当面问清楚他们，再把你请过来。"她小小年纪，做事倒是周全。

我到小旅馆入住后就到清华大学里面逛。校园很开阔，里面的建筑很现代。最注目的是摆在一个教学楼前的清华园二校门微缩版。我记得多年前在北大念书，我曾从清华园门口经过。一模一样的白色花岗岩石，一样的上书清华园几个字。两个如此相似的门只能是出自同一家。

我想起了玲珑和瑞琪。她们一定是姐妹！现在要做的只不过是她们父母的确认。可是玲珑在哪呢？那个二十年里我无数次梦到过的姑娘啊，你在哪里？我心乱如麻。

我在焦急不安中度过了两天。两天后，瑞琪出现在旅馆的大厅。她脸色凝重。

"我们一起出去走走吧。"她说。她开车，很快出了城市，她一路都没有说话。马上看到了一大片一大片金黄色的金针花海，七月正是金针花的季节。阳光下，泛着金光，和我记忆中的油菜花海一样金灿灿。瑞琪把车停在了路边，我们一起走进那花海。

她走了很久，终于停了下来，开了口，"是的，玲珑是我的姐姐。"

我的心一惊，"那么，玲珑在哪呢？"

"她……"瑞琪看着我，艰难地说，"她已经离世了。"

"什么！不可能！这绝对不可能！"我大声说。

瑞琪不说话，眼泪从眼角一串串滴落。

"不可能，这绝对不可能。"我摇着她的肩膀，无力地重复着这句话。

"是真的，玲珑是我的亲姐姐，我很难过很难过。"瑞琪哭出了声。

我仰起了头，努力忍住就要流下来的眼泪，"到底是怎么回事？"

"二十一年前，她跟随联合国卫生组织去了巴西首都里约热内卢，主要是研究小脑症病人的现状。她做事认真，对病人非常有爱心，大家都喜欢她。一年后的2050年，她在一次车祸中去世。"瑞琪一边说一边抽泣。

"她的忌日是哪一天？"

"2050年7月1日。"

我沉默。

我的眼泪在无声中流了下来。

二十一年了，我想像过无数个玲珑可能的情形，却万万没有想到这个结局。

"我的父亲母亲伤心欲绝。一年后，他们终于决定再生一个孩子。他们在多年前玲珑溺水还是植物人时就做了最坏打算，把受精卵冷冻了。我是一个代孕妈妈生出来的。"

我还在流泪，我很多年没有哭过了。难道我是要把攒了这么多年的泪水一次流出来吗？

"都是我的错，如果不是我，她不会去巴西的。"我心里的悲哀越来越重。

"方大哥，别这么想。"瑞琪难过地看着我。

我看着她，模糊的泪眼里那仿佛就是玲珑，我忍不住难过地喊"玲珑！"瑞琪走近我，我们相拥而泣，背后是一大片黄色的金针花海。

回去的路上，我们一直沉默。

到了旅馆门口，瑞琪问我，"你打算怎么办？"

"我打算改票提前回美国。"

"嗯。"她点头，"我原来还打算带你到附近看看。"

"不必了。只是不知道，我可以见一见伯父伯母吗？"

"还是不要了。你知道他们为什么要跑到台湾吗？玲珑的事让他们太伤心了。一次又一次的打击。他们只想躲得远远的。这也是为什么他们跟我从来不提玲珑的事。而且，我母亲一直对你有怨恨……"

"我能理解。"我不杀伯仁，伯仁却因我而死。我的心愈发沉重。

我和瑞琪挥手做别。

14

波士顿的家中，我再一次翻开玲珑的三维相册，这一次，我的心里多了太多的悲伤。"十年生死两茫茫，不思量，自难忘。"我的泪水兀自又流了下来，"玲珑，玲珑。"我在心里喊着那个我千万次呼唤过的名字，心如刀绞。

不知道什么时候，父亲走了进来，他拍着我的肩膀，"毅书，生离死别，人生无常，你还是要振作起来。"

父亲是个宽容的人，我这么多年没有结婚生子，他们从来没有责怪于我，我心里有歉意。

"你放心。我会好起来的。我需要时间。"我知道，父母亲是真心关心我。

他点头，不再说什么。

我收到了瑞琪从Papaya发的一封信，暑期结束，她回到哈佛了。"我们见个面吧。"

我们还是约在那个咖啡店见面。据说这家店子是个百年老店，本来要倒闭了，一对哈佛毕业的夫妻捐钱又把它挽救过来。

"你瘦了。"她见我的第一句话。

"嗯。"我露出了一丝苦笑。

"跟我多讲讲姐姐的事吧。"她请求我。

我开始说起玲珑的那些往事，那些美好的琐碎，那些记忆的碎片扑面而来。我觉得我心情轻松了好些。我需要倾诉，我需要一个人分享我和玲珑的记忆。

"你记忆力真好。"她说。

"比起你姐姐差远了。她记得细微的细节……因为，那些都记录在她脑中的超级电脑里。"我说。

"为什么不把那些记忆从机器里调出来？那么多美好的记忆。"瑞琪说。

"对啊！要不你问问你父母？玲珑离世时，她脑中所有的记忆都应该在她的超级电脑里，而这些应该都在Goolge的母机里有备份。"我激动起来。记忆，记忆是我们的过往，我们的历史，那些可以清清楚楚见证我们曾经在一起的东西，尽管它只是以冰冷的数据存在于玲珑的脑中。

两天后，这个希望被打碎。

"玲珑过世时，我父母伤痛万分，他们根本没想到向Google索要玲珑大脑的数据备份。后来我出生了，他们更加就只想把玲珑存放在一边。也许唯一的希望是询问Google。但是，二十年过去了，它们还有玲珑的所有数据吗？Google这个公司都不存在了。"

是的，十年前，Google分裂。做人工智能这部分分了出来，独自成立了一个叫Google Brain的公司。

"只要有一丝希望我就不放弃。我下周正好回旧金山。人人太空公司总部在那。"

旧金山，一年未见。我从飞机上俯视这个城市，还是那么不同寻常的美丽，我依稀看到金门大桥，这么多年，除了2060年的一次大修，它还是那么坚固，静静地跨海而立。

我马不停蹄找到了Google Brain的负责人。

"你知道吗？当年美国很多人反对超人类智能的研究。他们觉得超人类机器对人类社会构成威胁。还有好多示威游行，因为机器人逐渐替代了很多人的工作。LLL项目在玲珑去世后停止，类似的项目也不许再启动。玲珑是仅存的超级半人半机器的实例。她去世后，他的父亲辞职，五年后，我们迫于压力把所有的数据都销毁了。"

"那么，你们现在还做什么？"我离开计算机行业太久，我都不知道有这么多变化。

"纯粹机器人研究，还有就是给类似玲珑的人恢复普通智能。"负责人说。

"真的没有她的数据了。对不起。"他说。

我的心沉了下去。

我在忧伤中度过了整个秋天。

感恩节到了。瑞琪说她感恩节要来旧金山，"我非常想看看姐姐生前生活过的地方。"

15

我和瑞琪走在斯坦福的校园里。那个有很多拱门的广场依然如旧，加莱义民的青铜雕像还是那么栩栩如生。

"你知道吗？当年我和你姐姐就是在这个路口遇见的。"站在Main Quad，玲珑当年给我指路的声音再度响起，"左拐再走300英尺会看到Palm Dr，右拐到Palm Dr上走1000英尺会碰到Museum Way，Museum Way上左拐再走500英尺就到斯坦福艺术博物馆了。"

"她给我指路，她记性超好。"我对瑞琪说。

"姐姐那天穿什么衣服。"瑞琪问。

"呵，那可不记得了。我记性可没那么好。"我说。

"唉，你记性这么差，比我姐差远了。她怎么会瞧上你。"瑞琪侧着头看我，嘴角带着一丝微笑。

我也笑了，我好像很久没笑了。我侧着脸看了一眼她，她笑起来嘴角上扬，好生动。

我们沿着当年玲珑指的路线走到斯坦福艺术博物馆。艺术博物馆好像永远是人满为患。据说这里是巴黎以外收藏罗丹作品最多的地方。思考者还是以同一种姿势思考着，却不知他眼前的人已是换了一拨又一拨。

"你在哈佛学什么？"

"电影和视觉艺术。"

"嗯，有意思。你一定非常有艺术天份。"

"我其实对很多东西感兴趣。但是我父母好像不希望我做技术，她们希望我学完就回台湾。"

"你们在台湾很多亲戚吗？"

"没有，我父母是第二代美国移民，我爷爷奶奶都是大陆来的留学生。也许我父母想清静一些，或者是喜欢台湾传统文化的氛围，我不知道。"

"我记得玲珑说话是北京口音。"我说。

"是的，我父母亲戚都在大陆。不过我记事起我的父母就很少与周围人交往。几乎没有什么朋友。"

"台湾和大陆除了名头有区别，别的都没有什么区别了。"我说。

"细微的区别。你是局外人，看起来一样。"瑞琪笑说。

出了艺术博物馆，我们都有一些乏。

"我带你去我和你姐姐常去的那家咖啡厅吧。"我提议。但是同样的地方，我记忆中的"Peet's Coffee and Tea"已经不见了，取而代之的是一家叫"Same Memory"的小咖啡店，更加时尚，色彩也更绚丽。

"我记得原来那家更古朴，更有氛围。"我有些遗憾。

"你是个念旧的人。这里也不错啊。Same memory，同样的记忆。好名字。"瑞琪微笑坐在那儿，相同的地方，似曾相识的姑娘，我叹了口气。

"是不是又想起我姐姐了？"她笑了。

我不语。

"她长得和我很像吗？"

"像。鼻子像。嘴巴不太像。她的嘴小一点，你的大一些。"

"我的更性感？"瑞琪调皮地说。

我又笑了。这个小丫头。

"你有姐姐的相片吗？"

"当然。就在Papaya里。Papaya，玲珑相片。"我对着我的手表说。

玲珑的三维相片又一次站立起来。瑞琪看得出了神。

"可惜是静止的。没有她当年的录像吗？"她问。

"只有几个很随意的小录像。那时候以为有一大把的时光可以挥霍。谁料想一转身就是一辈子。"我神色黯然。

瑞琪看着我，不再言语。

<h1 style="text-align:center">16</h1>

瑞琪回波士顿一周了。

那天晚上我习惯性地打开玲珑的三维相集。不知为何，我眼前却同时闪现出两张脸，有时候纯真淡然，有时候巧笑嫣然，我有点分不清那是玲珑还是瑞琪。我心里发慌。我关上了相集。

Papaya响了，是瑞琪的Papaya在呼叫我。

我犹豫了片刻，还是接了起来。

"方大哥，能帮我个忙吗？我们的一个项目是要拍摄自己周围的一个朋友的故事，我决定拍一个玲珑的故事，我自己来客串她。"

"噢。"我机械地回答。

"不好吗？这样你就有一个动态版的玲珑可以回忆了。我打算圣诞节放了假再来一次旧金山。"她的语气里有点小兴奋。

"你放假不要回台北吗？"我找了个理由。

"我暑假刚回去过。你不欢迎我吗？"她有点小失望。

"不是……"我好像也找不出什么拒绝的理由。

"那就这么定了。"瑞琪说完就把Papaya挂了。做事如此果断，这倒是和玲珑如出一辙。

圣诞节前一个星期瑞琪如约而至，只是旁边还站着个金发小伙子。

"这是我的大学同学杰森。他是摄影专业。他愿意帮忙做摄影。"

"你好！"杰森有一张阳光的脸，他笑着伸出了手。

"你好。"我也伸出手，心里有一点酸意，我不确定是因为嫉妒他的年轻，还是别的什么。

瑞琪是导演兼演员。我们重复玲珑曾经走过的地方，玲珑上过课的Nvidia 礼堂，Bishop礼堂，玲珑住过的宿舍，那家咖啡店，可惜她做过义工的那家杂货店不在了。瑞琪扮演玲珑，拿着书，正好是当年的青春美少女，我看着镜头里的她，心里百般滋味。

"你也来客串一下吧。"在咖啡店的时候，瑞琪跟我说，"假装当年你和玲珑一起讨论项目。"

"不必了吧。我整整比你……那时候的玲珑大了两轮。"我说，"我已不再年轻。和你们比起来，我是老一辈了。"

"老吗？我看你挺年轻。"瑞琪歪着头说。

"或者，你就留个背影吧。"杰森建议。

"嗯……那好吧。"我按照瑞琪的安排，和她面对面坐着，假装讨论当年的人工智能的项目。时光倒流二十年，我看着对面年轻的姑娘，心底有欢喜，也有遗憾，我突然好希望自己回到十九岁，和她一样年轻的十九岁。

金门桥的北山。

风很大，我凝神看着金门大桥。

"你和姐姐常来这吧。"瑞琪问我。

"是。"我回说。

"一定有好多美好的回忆。"瑞琪也看着金门大桥。

"是。"我想起了那些温柔的时刻。

"杰森，你就拍我们两个并排坐在这俯视金门大桥的背影吧。"瑞琪安排了一个场景。

我于是和她坐下来。

"再近一点。"杰森说，"你们是一对热恋的爱人。"

瑞琪靠近我，她的发梢碰到了我的脸，我可以闻到她身上的清香，桃花一般的清香。我身体里有一种东西一定超标了。

瑞琪和杰森忙了两周就回去了。那天看他们并肩离去的身影，我突然非常希望那个和她并肩而立的人是我。难道我真的吃醋了吗？我心里很乱。

17

又过了几个星期，瑞琪把做成的录像传了过来，她做了很多剪辑，加了字幕，还配了PI之歌的音乐，更妙的是，她做成了一个三维电影。流动的，婉转的玲珑，栩栩如生的在我眼前行走着的玲珑。"玲珑！"我在心里呼唤着。

第二天，瑞琪就发了条Papaya信息，"看了吗？如何？"

"真好。太谢谢你了。"我真心实意地说。

"客气什么啊，我是为你做，也是为我父母做，更是为我自己。她是我姐姐。"

"我太喜欢了。那么多的记忆。居然还有我的背影。"我说。

"是，你的背影好酷，非常笔挺。你一定经常锻炼。"瑞琪说。

"小姑娘，你忘了我是宇航员？宇航员对身体素质要求很高。"我笑了。

"小姑娘？你是要故意拉开我们的距离吗？"瑞琪笑了。

"我好希望自己和你一样年轻。"我由衷地说。

"你一点也不老，真的。"瑞琪说。

我们聊了很久。

那之后我们联系很多。

事实上是瑞琪经常主动和我联系。她和我说起她生活里的事，事无巨细。她看了场电影了，她吃到好久没有吃过的台湾蚵仔面了，她的功课太紧了。这真是一件折磨人的事。我好像没有办法拒绝她。她吸引着我，正如多年前的玲珑吸引着我。然而我心里总有一种罪恶感。

四月的一天，我从公司回到家，门口坐了个人，是瑞琪。

"瑞琪，怎么是你?"我很吃惊。

"怎么，不欢迎我？"她笑了。

"怎么会，进来吧。"我触摸门口的电子指纹锁，门打开了。

"我放春假，我只想见一个人，然后我就跟着我的心来了。"她看着我，"方大哥，我爱上你了。"

我的心一跳，我看着她，那张年轻美丽的脸，那张酷似玲珑的脸。

"傻孩子，你知道你自己在说什么吗？ 我比你大这么多。"我终于说了一句话。

"我从来就不觉得年龄是个问题。"她走过来，她的青春气息扑面而来，我深深地吸了口气。

"你也喜欢我，对吗？ "她直视着我的眼睛。

我避开她的眼睛，"为什么你是玲珑的妹妹？ "

"这有什么关系吗？姐姐已经离世了。"瑞琪眼睛有些湿润。

我叹了口气，把她轻拥在怀，"对不起，我不能接受你的感情。我总觉得是我害死了玲珑。我对不起你的父母。"

"为什么要这样惩罚我？"瑞琪开始抽泣。

"对不起，请给我一些时间。"我狠下心，"你的妈妈也不会接受我的。你先回去好好想想吧。"

瑞琪看着我，"我知道，你还在爱着我姐姐。"她拿起行李，头也不回地走了。有那么一刻，我想把她追回来，但是我没有，我站在那看着她的身影消失在四月的清风里。

五月初的时候，公司开了一个会议。大头威廉以前是宇航员，去过两次火星。他本来是个非常爱开玩笑的白人老头，但是那天他神情非常严肃。

"我们在月球和地球之间发现了一个神秘的黑洞。我们准备派人去考察一下这个黑洞。现在不知道是纯粹的黑洞，还是虫洞。"大家一下子变得兴奋起来。十年前，土星附近也出现过一个黑洞，科学界为之兴奋，但是因为距离太远，大家还在筹备做进一步探索，黑洞就神秘地消失了。这个黑洞是十年前同一个黑洞的迁徙和转换吗？

"我们正在筹备这个征途计划，准备挑选一名宇航员，派送他去考察这个黑洞。大家报名之前先想清楚。"威廉说。

我没有想太多。下午我就去了威廉的办公室。"我想去。"我简短地说。玲珑的离世，瑞琪的表白，太多的事情，我只想离得远远的好好清理一下思绪。而且，作为一个资深的宇航员我深知虫洞意味着什么。我看到了自己的欲望，如果真的是一个虫洞，我想通过它，找到去往2050年的那条路，找到玲珑。想到这，我心里有一种暗流在涌动。

"你想清楚了吗？"威廉说，"要知道这是有风险的。"

"我知道自己在说什么。"我坚定地说。

"好，你其实是我们心目中候选人之一。我记得你有一个模拟星际穿行的项目，我当时招你的时候印象深刻。你的电脑技术和各方面素质都很过硬。"威廉说。

因为怕这个黑洞又像十年前那样很快就会消失，这个计划的第一批宇航员名单很快就下来了。我和我的同事何塞被挑中了。何塞是墨西哥裔，黑头发，黑眼睛，高鼻梁，是剑桥大学天体物理专业毕业的高材生。最后要从我和何塞两个人之中选一个去执行第一次征途计划。

我们筹备了两个月，我和何塞接受了一系列有关黑洞的培训和和飞行训练。每天有不同的专家给我们授课。如何在黑洞周边飞行？该以什么样的速度和角度飞行？如何测量数据？如何获取样本？任何一项太空计划的背后都有一大群高素质专业人员。他们的共同努力和分工协作，才能让人类在太空探索中一步一步地前行。

有一次培训中间休息的时候，我打开了我的Papaya，看瑞琪拍摄的电影。

"这是你的女朋友？"何塞问。

"是……嗯，应该说还不是。"我在想，玲珑是我的女朋女，可是这个电影里的人是瑞琪，她算不算我的女朋友？

"到底怎么回事？"何塞问。

我把玲珑和瑞琪的故事跟他说了。

"太遗憾了。这二十一年里，你一直以为玲珑是活着的吗？"

"我总觉得我们还能再见面，我一直这么以为。我想和她再一次牵手，哪怕只有一天。"我看着三维电影里的她。

"虫洞里的时间空间扭曲，如果这是一个虫洞，我们可以回到过去或者未来的任何一点。"何塞看着我。

"是的，所以我特别想知道这是一个黑洞还是虫洞。"我微皱着眉头。

"理论上也不难，纯粹的黑洞是相对比较滞重的，而且引力极大，靠近它的东西马上就会被吞噬。而虫洞是两个时空的连接通道。"何塞说。

"如果有可能，你最想回到那一年？"我问他。

"相信吗？我也想回到2050年，不过我想去危地马拉。我的爷爷是2051年去世的。我从来没有见过他。"何塞说。原来何塞的爷爷奶奶是来自危地马拉的非法移民，他们在美国生下了何塞的父亲。何塞的父亲十四岁那天放学回家发现父亲母亲都不见了。原来他们被移民局发现，遭遣返回国了。他父亲一个人在美国长大。

"这之间的艰辛，父亲很少提起。我知道他很不容易。我从来没有见过我的爷爷奶奶。如果有可能，我想回到2050年的危地马拉，找到他们，给他们录像，照一些相片带回来。我知道他们住在拉维拉帕斯省的首府科万，我好想见见他们。"何塞说着，眼睛有些潮湿。

我拍拍他的肩膀。

最后的考核，我以微弱优势胜出，公司决定派我去考察这个黑洞。

"祝你好运。"何塞拥抱了我。

独立日后的一个星期，我踏上了征途。

出发之前，我给瑞琪发了个简短的信息："瑞琪，你是个好姑娘。

也许回来之后我们该好好谈一谈。"

18

我乘坐的是一个圆形的太空舱，它本质上是一个小型太空飞船，但是可以自动转换成飞机和陆地行驶的工具。这种小型太空飞船非常适合短距离的太空旅行。

太空舱升上了天空，外面是黑漆漆的一片，没有一丝光亮。太空舱飞行了八个小时，到达了这个黑洞。我开始做一些测量和数据分析。一切都还顺利。我小心翼翼地在黑洞周围绕行，担心会被它巨大的引力吸引进去。

随后我一边把数据输入超级计算机，一边和地面站的人员交流。各种数据都显示这是一个虫洞！我心里开始有一种欲望在涌动。我能回到2050年，重新找回玲珑吗？

突然，我的计算机系统失灵，屏幕上一片雪花。然后，我的太空舱被一种强有力的动力推进了那个虫洞！

"怎么回事？是一个小小的技术故障吗？"我心里惊呼。我还没来得及反应，飞船就在虫洞里全速飞行！

我真的疑惑了。我记得雪花屏的时候，我的手按了一个按钮，我敢发誓我并不想按推进键。但是只有上帝知道是怎么回事，是上帝之手还是我的潜意识在操纵着我？

然后，我看到了我毕生无法忘怀的景象。原来真正的虫洞并不是我想象的一个光亮顺畅的通道，而是蜂窝状的，周围缀满了一片片亮片般的通道，亮片之外是一圈一圈橙红色的光圈，而光圈之外是轻淼如水一般乳黄色的柔云，似乎就要渗进光圈，但是却似动非动，似静非静。这三层不同物质，不同颜色的东西却非常和谐地揉和在一起组成了一个神奇的虫洞。

我知道我没有时间思考太多。虫洞里时间太快，我得先出去。当务之急是找到出口，冲出虫洞。我心里有一阵阵的恐惧掠过，我还能冲出虫洞，回到地球吗？许多时候，我们说自己喜欢什么不过是叶公好龙。

我镇定下来，驾驶着太空舱，朝着一个光亮的蜂窝口飞驰而去。蜂窝口周围是巨大的白莲花状的星云，花瓣一瓣瓣张开，颜色越来越炙热，热得发白，灿然若水晶一般，慢慢的，变成了一丝一缕烟灰般的白。太空舱冲了出去。那个蓝色的星球近在咫尺。谢天谢地，我回到了地球上空。

"这是哪一年的地球？"我心里充满了疑惑。太空舱在接近地球上空二十千米的平流层自动转换，就像一个变形金刚一样，它把收缩的轮子升出来，从圆球变成一辆小型飞机。

我看着云层下面的地球，定位到北美洲，向着旧金山的方向飞去。太空舱越飞越低，我看到了斯坦福的校园。 我用GPS定位到了玲珑家所在的社区，就在斯坦福校园附近。"玲珑！"我通过超级望远镜看到了一个小女孩在社区的游泳池游泳，是的，那是玲珑！玲珑曾给我看过她小时候的照片，我记得。

"玲珑马上要溺水了！我得阻止它发生！"我心里闪过这个念头，迅速地把太空舱停在公园的草坪上，向游泳池飞奔而去。可是已经太晚了！我看到玲珑的妈妈在高呼"help！"然后在打电话，玲珑平躺在地上。我冲过去给她做人工呼吸。可是一点也没有用。救护车很快就来了。他们把玲珑带走了。我想跳上那辆救护车，被医务人员阻止住了，"你是谁？"我说不上来。

"拜托不要给我们添乱了。"他们把我赶下来，车子飞驰而去。

我颓然地坐在地上。

"那么现在是2036年的地球。"我终于清醒了过来。我已经错了这次机会，我得赶到2050年的巴西，在玲珑出事之前把她带走。

我像打了鸡血一样，回到太空舱，进行一系列的计算。我计算出从现在到2050年6月1号那天需要在虫洞里飞行1小时12分50秒。我有一个月的时间劝说玲珑离开2050。

"真的要冒这个险回到2050年吗？"我心里有一个声音响起。我想起了在虫洞里飞行时的恐惧，我知道虫洞穿行各种潜伏的危险。事实上，我的太空舱外壳已经有一小部分在虫洞里磨损，好在并没有大碍。我想起了瑞琪，那个俏丽的姑娘。但是马上玲珑那张清新的脸庞在我面前出现。

"这是唯一的机会了。"我对自己说，我必须要再一次见到她。

我别无选择。

19

飞行上升到二十千米的地方切换成圆形的太空舱，太空舱朝着虫洞的洞口全速驶进，我又回到了那个神奇诡秘的虫洞。我把时间调好，太空舱在1小时12分50秒后再一次冲出了虫洞的一个蜂窝口。我再一次回到了地球。2050年6月1号的地球。

我朝着南美洲的方向飞去，长长的雄伟的安第斯山脉就在云层之下。然后我看到了亚马逊河，像海一样的河流。我曾经无数次在太空上俯视它，但是却是二十年后的它，我努力回忆着它的每一个细节，是的，是有那么一丁点不一样，但是到底哪里不一样，我又说不上来。

我在飞机里俯视里约热内卢，雄伟的伊瓜苏瀑布和高高的基督山。有一刻，我怀疑我是不是要降落在旧金山了，都是有山有海的海滨城市，都是蔚蓝色和翠绿色交织在一起的美丽城市。

飞机降停在里约热内卢郊区的一家农场。然后，机翼收起，又迅速转变成一辆汽车。

我开着车子从甘蔗田跑出来的时候，看到后面一群孩子跟着车跑。他们原来是在踢足球，显然被我这辆奇异的车子惊到了，都追了过来。我从后视镜里看到他们可爱的小苹果一样的脸蛋，我看到有一个孩子的衣服上印着 2050。"Hello， 2050！"我露出一丝微笑，脚下一加速，孩子们被远远地甩在了车后。

里约热内卢近在眼前。

我在很远处就看到了基督山，那是里约热内卢最有名的坐标。雕像高达三十八米，位于科科瓦多山顶。进入市区，车子开不动了，街上好多人穿着盛装，车子旁边过来一个带着海盗面具的人，我用蹩脚的葡萄牙语问他，"这是怎么回事？"

"圣灵节游行啊，你不知道吗？"他注意地看了一眼我的车。还好，我事先就把宇航服换下来了。

Papaya给我指示了一条不堵的路，我很快找到了联合国卫生组织在巴西的总部。

"你要找玲珑？"门口一个黑眼睛的巴西姑娘用不太熟练的英语问我。

"是的。"我的心在砰砰做跳，我就要见到玲珑了吗？

"很不巧，她去巴伊亚州的首府萨尔瓦多了。那里是三十年前Zika病毒的高发区，很多病人。"巴西姑娘说。

"噢。"我失望极了。只有一个月的时间，我一刻也不想耽搁，"那我去那找她。"

"从这到萨尔瓦多坐飞机就要近两个小时，你可能买不到今天的机票。不过她后天就回来了，不如等等？"姑娘好心建议。

"噢，我有办法，你只需告诉我她的地址。"我笑了。

"好吧，你是她的什么人？"她问我。

我刚想说男朋友，突然意识到自己已经是四十多岁的人了，"我是她的一个亲戚。"我找了个借口。

车子开出里约热内卢不久，我找到一块空地，车子又转变成一辆小型飞机。我向着巴西东北部的萨尔瓦多飞去。

一个小时后，我到达萨尔瓦多市郊玲珑所在的医院。我下了车，我觉得我的心马上就要从胸膛里蹦出来了。

我一步一步走进去，一步一惊心。然后，我就看到了她，那个我思念了二十一年的姑娘。

她坐在那儿，低着头看着监视病人的机器，阳光透过窗棂照在她身上，她美丽的脸上多了一层圣洁的光芒。我一直站在那，仔细地看着她，眼睛有一些湿润，不知道过了多久，她抬起了头，看见了我，她的目光非常柔和，"你好，你找谁？"

我的心一沉，她不认识我了吗？

"我叫方毅书。"我低声说。

"方毅书，我记得这个名字，你是我在斯坦福的同学。"她说，"可是，你的样子……"

还好，她没有把我从她的记忆中完全删去。

"我们可以好好谈谈吗。"我一时不知从和说起，一个来自未来的人，一个她曾经爱过的人。

"好，你等我把这些事忙完。"她低下头，继续她的工作。

20

我们坐在萨尔瓦多旧城区的一家餐馆里。一路开过来，若不是周围好多小辫子的黑人面孔，我差点怀疑自己是不是到了欧洲，周围有很多欧洲风格的建筑和教堂。

"告诉我你为什么变成这个样子？我的图像识别系统都没有认出你。"她笑着说。

"因为我来自 2070 年。我四十二岁了。"我直白地说。玲珑吃惊地看着我，好像看着一个外星人。我把自己被派去考察黑洞，不小心冲进虫洞，回到 2036 年，又冒险回到 2050 的事和她一一说起。

她吃惊了好久，"怪不得你的这辆车这么古怪，一般的车我看两眼就能识别出品牌。"

"你为什么要冒险回到 2050 年?"玲珑又问我。

"因为……我一定要再见你一面。我放不下你。"我看着她的眼睛。

"放不下?"玲珑重复着。她好像还不太明白这个词。

"就是……我爱你……"我迟疑地说出这句话。

"爱我?"她又一次重复着我的话。

"是的，我知道你最喜欢吃黑色巧克力，我知道你最喜欢的颜色是蓝色，我知道你所有乐器里最喜欢大提琴，大提琴里你最喜欢《殇》那一曲。"我一口气说了一堆。

玲珑抬起头吃惊地看着我，"是的，你说的都是对的。你为什么会这么了解我?"

"因为……我们……曾经是一对恋人。"我缓慢但坚定地把这句话说出来，"我有你好多相片。"

"恋人? 我的相片?"玲珑呆住了。

我把Papaya里的三维相片调出来，一个一个的玲珑站在我们面前，玲珑入神地看着。

"是的，是我，你居然有我这么多相片。我们真的是一对恋人吗? "她喃喃地说。

"我还有我们的合影。"我把合影也调了出来。那个年轻的我站立了起来。

"是的，这是你。"玲珑说，"我的识别系统能认出你。我们有这么多合影，可是，我好像从来没有爱过一个人。”

“不，你有的，你曾经那么认真地爱过我。但是你把爱情程序删掉了。”我痛心地说。

我把玲珑去巴西之前写给我的信从 Papaya 里调出来，给她看。

她认真地看信，“好傻的女孩子。”她一边看，一边喃喃地说，“问世间情为何物。我为情所伤，不惜把爱情删掉，而你为了我，不惜跑到2050。”她的眼里含了泪，我知道，我曾经在她脑袋里装了怜悯和同情心。

“那么，你相信我了。”我欣喜地说。

“我相信你，你有一双诚实的眼睛。”她认真地看着我。

我看着她，除了那些因为同情而流下的泪水，她毫无反应，是的，她的脑袋里已经没有爱情这个程序了。我突然无比沮丧。这和我在梦里见到她又有何区别呢？我意识到，我要的不只是来看她一眼，我要的更是她的心，我要她再一次爱上我——我是个贪心的人。

餐厅里响起一种类似排箫的音乐，我猛然想起上一次听到类似的墨西哥音乐是在哈佛校园里，我蓦然回首，看到站在桃树下的瑞琪。瑞琪，是的，玲珑会有一个妹妹瑞琪，因为眼前的玲珑会在一个月后离世！我的心一惊，我差点忘记这么重要的一件事。

“你在想什么？”她的眼睛一眨，我脸上的神情一定没有躲过她的扫描。

“玲珑，跟我走，我们一起离开 2050 年。”我突然握住她的手。

"你怎么了？"她看着我。

我沉默不语，我实在很难把她即将遭遇车祸的事告诉她。

21

第二天，我们返回里约热内卢。

我们坐进我的车，车子开出市区后，迅速变成飞机，我们飞离了萨尔瓦多。

"现在，我百分之百相信你了。我们现在的技术还不能这么顺利的转换汽车和飞机。"玲珑说。"告诉我，2070 年我的父母如何？"

"他们很好，他们住在台北。"我说，

"台北？他们为什么要离开美国？"玲珑问。

"我也不清楚。"我打了个马虎眼，我还不想告诉玲珑，她会有一个妹妹瑞琪，因为那样我就得说到玲珑的离世。

"你在里约热内卢有住处吗？"

"没有。"

"不如住在我的客厅。我有一个小公寓。你没有身份，住在外面不安全。"玲珑说。

我在玲珑公寓客厅的沙发上睡了一整天，我实在是太累了。我醒过来后，想起了何塞说起的事情。

"我得去一趟危地马拉。"我对玲珑说，我把何塞的故事告诉她。

"我陪你去。你不会说西班牙语。而且，我这几天有空。"玲珑说。

"那太好了。"我只想分分秒秒和她在一起，哪怕她对我没有爱情。

何塞的爷爷奶奶住在危地马拉上维拉帕斯省的首府科万。到达危地马拉的那天正好下着小雨。天色有些灰暗。从飞机上俯瞰那个有很多玛雅古遗迹的古老国度，我有点恍惚我们是处在哪个时代了。

我们根据何塞给出的地址找到离科万城很偏远的一个地方，房间里出来一个四十岁左右的男人，这不可能是何塞的爷爷，因为何塞的爷爷是1976年出生的，那么他现在应该是七十四岁。玲珑用西班牙语问他知不知道原来住在这的人搬到哪里去了。但是他显然一点也不懂西班牙语，只是一个劲地摇头。

玲珑眼睛一眨，"我想起来了，危地马拉一些偏远地方的人不懂西班牙语，还是用古老的玛雅语言。可惜我也不懂玛雅语。但是我可以试着现学。你帮忙给我输入玛雅语。"我从机器里下载了玛雅语言的基本语法，输入玲珑的头脑。玲珑连比带划和他进行了一些简单交流，他告诉我们何塞的爷爷搬到另外一个村落了，并把新的地址告诉我们。

我们找到了这个地方。

门开了，我看到一张脸，我依稀看到何塞的影子。这个人懂西班牙语，他甚至懂一点简单的英语。

"你是叫迪艾戈吗？你有一个儿子叫路易斯吗？"玲珑用西班牙语问他。根据他的回答，我们确定他就是何塞的爷爷迪艾戈。何塞的奶奶几年前过世了。

"路易斯那年只有十四岁。我们被遣返的时候他还在上学，他一个人在异乡无依无靠，可怜的孩子。我们分开好多年。二十年后他才又回来过一次。"迪艾戈的眼眶湿润，他是2016年被遣返回危地马拉的。

"路易斯在美国很好，你的孙子何塞今年二十五岁了，他刚从剑桥毕业，他非常优秀。"我没有告诉他我来自2070，何塞已经有两个孩子了。

"是的，我知道，可惜我从来没有见过我的这个孙子。"迪艾戈说。

我们给迪艾戈拍摄了一个录像，并照了很多相片。

我们挥手作别。我回过头，看到老人一直站在门口看着我们，我悲从心起，"世间比死别更难的是生离。"玲珑默默地点头。

我们的车子开出迪艾戈家不远，转换起飞变成飞机。我在云端俯视下方，就如我在太空里俯视地球寻找玲珑，只是现在，玲珑就在我的身旁。我伸出一只手，握住了玲珑。她颤抖了一下，没有把手抽走。

22

第二天玲珑陪我去附近一家理发店，"你的头发实在太长了。"玲珑说。

理发店的小伙子非常热情，最后他说，"欢迎下次再来。"

还会有下一次吗？我在心里想。我和玲珑走路回去，这个地方街道狭窄，交通特别混乱，我们过马路的时候，有一辆车从我们身边呼啸而过。我突然意识到，这也许就是玲珑发生车祸的地方。我突然特别紧张，握住了玲珑的手。今天是6月17号，离7月1号还有两周。

"玲珑，我们的时间不多了！"

"时间不多了，什么意思？"她诧异地看着我。

我不作声。

"请你告诉我，我的父母是什么时候搬到台北的？为什么？"她直视着我。

"2051年，因为……两个星期后的你……会遇到车祸，你的父母非常难过，就搬离了美国。"我艰难地说出了这个事实。

"我早该想到，不然你为什么要到 2050 年找我。"玲珑木然。我默不作声。

"你有他们的相片吗？我想看看他们。"

我拿出我的Papaya，她一张一张看着他们的相片，眼里含着泪，然后，我的Papaya上出现了瑞琪拍摄的微电影。

"斯坦福校园，这是谁？"玲珑问，"是我吗？我怎么不记得我们拍过这个录像？"

"这是你的妹妹瑞琪。"我之前一直没有提起瑞琪，我心情复杂。

"啊，我的妹妹？她是哪一年生的？"玲珑眼睛里闪着好奇。

"2052年。"

"她长得像我。比我好看。"玲珑看着电影里的瑞琪，"她出生在哪？"

"台北。你父母在2050年你去世之后从谷歌辞职，去了台北。"

"那谷歌的LLL项目怎么办？"玲珑问。

"停止了。"我说。

"我还有多久的生命?"她抬头问我。

"两周。距离7月1号还有两周。"我回答。

"我们只有两周的时间了。毅书，请帮我把爱情程序装回来。你为了我不惜回到2050，让我在死之前再爱你一次。"她坚定地看着我。

我抱着她，心如刀绞，"我不会让你死的，我们一起离开2050。"

玲珑hack了谷歌的网站——她的智能实在是太强大了，我进入了谷歌内部网站，把爱情程序传送过来，装入了玲珑的脑袋。

"——。"第二天，她醒来后，温柔地看着床前的我。二十一年前的记忆如潮水般涌过来，我激动地抱着她。是她，是那个恋爱中的玲珑。

"我的时间不多了。"她目光里更多的是哀愁，"我请了假。我要每分钟都陪着你。"

那天我和她爬到里约热内卢的面包山。山上葱翠入目，远处是尼泰罗伊大桥，如一条飞龙一般，跨在海上，一边是浩瀚如烟的大西洋，一边是海湾。我们相拥着看着眼前美丽的景致。仿佛又回到了金门桥北山。昨日重现，那些美好的时光，那些似水年华再次重现。

"毅书，我好想回旧金山再看看爸爸妈妈。"玲珑说。

"我陪你去。"我心里有点凄凉，我觉得玲珑好像是在完成一个一个生前遗愿。

我们坐太空舱飞机回到旧金山。2050年的旧金山。

我把车开到她家附近，在外面等着她，玲珑一个人回家。第二天，我远远看见她出来。当飞机飞到云端的时候，玲珑终于忍不住大哭，"这真的是永别吗？"

"不，我说过，我们一起从虫洞离开2050。"我握着她的手，坚定地说。

"我们能改变时光的走向吗？"玲珑问。

"我不知道，但是我要试一试。"我说。

"妹妹和我很像吗？"她突然问我。

"又像又不像。"我说，"都是聪明美丽。你是纯静，她是活泼。"

"你是不是也喜欢瑞琪？"玲珑看着我。

我不作声了。玲珑看着外面的云朵。

那几天玲珑一直在机器上忙着。

"六月三十号之前我们必须离开这里，回到虫洞。"我跟她说。但是她总说还有这样那样的事，她回了好几趟联合国卫生组织，她说有几个病人的事情她要交代清楚。

六月三十号的晚上。

"今晚必须走。"我坚决地说。

"先喝杯酒吧。"玲珑倒了两杯酒，"这是卡莎萨酒，是巴西人最喜欢喝的酒。"她递给我一杯金黄色的酒，我闻到那酒里青草的味道。房间里响起了音乐。忧伤又高亢。是韦伯的歌剧《猫》里的主题曲《memory》。突然玲珑站起来，缓缓解开了衬衫的第一粒纽扣，第二粒、第三粒……她把衣服一件一件脱掉，她青春的胴体在我面前一览无余，我的呼吸厚重起来。

"来吧，"她轻轻地说，"我要给你一份完整的爱情。"我紧紧地抱住了她。

房间里还在回响着那首歌：

> *Memory, all alone in the moonlight*
> *I can dream of the old days*
> *Life was beautiful then*
> *I remember the time I knew what happiness was*
> *Let the memory live again*

我醒来的时候她已经不在身边，我听到窗外刺耳的救护车的声音。我跑到外面，外面围满了人。

"怎么回事？"我问周围的一个人。

"好像是车祸，有一个年轻的姑娘给撞飞了。还是个东方姑娘。"

我觉得我不能呼吸了。

我的Papaya突然说话了，是玲珑标准的北京口音。

毅书，

原谅我不能和你一起离开2050，原谅我昨晚给你下了迷药。我不知道如果真的回到未来，你该选择谁，是我还是瑞琪。我不知道改变时光的走向意味着什么。

我以前总是纠结自己的身份，我现在已然接受自己半人半机器的身份。这些都不重要，重要的是我来过这个世界，我爱周围的人，他们也爱我。谢谢你给我的爱，爱是世界上最美好的情感。

生和死都是偶然，一切俱为常，一切俱为无常。死亡对于我，一半是程序销毁，也或许是我死过一次，我已不那么惧死，虽然离开你还是让我难过得不能呼吸。我已经把我头脑里所有的记忆都复制下来，放在你的Papaya里面。看到那些记忆，就像看到我一样。我相信，爱是超越生死，超越时空的。好好地爱瑞琪吧，我会一直祝福你们。

永远爱你的玲珑

"玲珑！"我站在里约热内卢的街头泪如雨下。整个世界仿佛都停止了。

23

　　我孤独地开着太空舱飞机在里约上空转了一圈又一圈。7月1号就要过去了，2050的世界已经没有我最爱的人了。"Goodbye，2050。"我按动了上升健。

　　飞机上升到二十千米的地方切换成圆形的太空舱，我又一次回到了炫目奇妙的虫洞。这一次，我要飞行3小时13分4秒。我又一次回到了地球。

　　飞机降落在旧金山公司的机场上，在机舱门打开那一刻，我晕了过去。

　　我醒过来的时候看到了我父母的脸，他们已是白发苍苍。我还看到了何塞，岁月刻在他额头上，但是他的笑容依旧。

　　"怎么回事？"我才意识到我们在虫洞里短暂的穿越，地球上已经过去了好多年。

"这是哪一年？"我问。

"2086年。16年过去了。"我父亲说。我又看到了一张熟悉的脸，她美丽依旧，只是更多了几分丰韵和额头一些细微的皱纹。

"玲珑！"我失声说。

"不，我是瑞琪。"她走过来，嘴角微笑着。是的，玲珑留在了2050。我好像做了一场好长好长的梦。

"你们出去走走吧。"父亲说。

我和瑞琪走在温柔的春风里，又是桃花盛开的季节，空气里有桃花的清香。

我告诉了瑞琪我的2050之旅。

"姐姐是个真正懂得爱的人。"瑞琪流着泪，"你说你有她所有的记忆？"

"是的。在Papaya里。"

我和瑞琪在一个星期以后又见面了。

"你结婚了吗？"我有意无意地问。

"当然。难道要我为你守身如玉吗？"瑞琪说。

我哑然失笑——她说话总是这么有趣，但是，她已经是别人的了，我心里有一丝酸楚。

"不过我的结婚证在一年前过期了。"她又说。

"过期？"我有点诧异。

"是的，这是2075年后的一项新政策。结婚证都是五年有效。五年后夫妻自行决定要不要续约。"

"啊！"我开心地笑了，"这是二十一世纪最伟大的政策。"

"我的前夫是我的大学同学杰森。你见过他的。"

"噢。"我想起了那个金头发的小伙子，他曾经和瑞琪一起来旧金山拍摄那个短片。"为什么分手？"

"我要回台湾定居照顾父母，他想留在美国。不过主要原因大概还是我们爱得不够深。"瑞琪叹气。

"噢……"我不知道说什么好，就换了个话题，"你父母还好吧？"

"母亲已经过世。父亲还在。"

"他会反对我们交往吗？"

"不会。"瑞琪笑。

我们开始约会。我和她在一起的时光很快乐。只是有几次，我看着她的脸，突然就想起了玲珑，心里有忧伤涌起。像是有一把锋利的尖刀从心口划过，无声息的，然后一点点就会有鲜血渗出。瑞琪怜惜地看着我，她知道那是为什么。

一个月以后，瑞琪和我去爬双子山，这是旧金山的最高点，在这能远远地看到金门大桥。

"毅书，我做了一个决定，我决定把玲珑的记忆移植到我的大脑里。"瑞琪看着我，认真地说。

"这样做对你有风险。你真的要这么做吗？"我看着她。

"是的，这样姐姐的记忆就会通过我的身体重新回来，那段记忆里我的意识就是玲珑。"她说。

"你是个勇敢的人。可是，这样你就失去自己了。"我说。

"姐姐比我勇敢，她连死都不惧。我想好了，姐姐十岁之前的记忆没有了，用我的记忆，十岁到二十二岁是姐姐的，二十二岁之后又是我的。不过是删掉我十二年的记忆。"

"可是，那是你最美好的十二年啊。"

"是的，是有一点点遗憾。我最美好的记忆是从我十八岁认识你开始的，我从小就崇拜宇航员。"她看着我。

"瑞琪！"我看着她，"你不嫌我老?"

"你现在只比我大八岁好不好。"她笑了。

我也笑了，"你为什么是这么可爱的一个人？"

"我为什么不可以这么可爱？"她抬起头，轻轻地说，"也许老天就是让我来偿还姐姐欠你的这段情吧。"

我不再说什么，只是轻轻地把她抱在怀中。

手术后瑞琪好像一点也没有属于玲珑的记忆。我有一些失望。

那天我和瑞琪去金门大桥的北山看日落。

"好冷。"她说。

"我去车里给你拿件衣服。"我往车子的方向走。

"一一！"她站在那，冲着我的背影喊。我如电击一般站住了，是的，她是玲珑，那是只有我们才知道的昵称。我转过身，把她紧紧地抱住。

"二！是你，是你！那是你给我起的绰号。"我的眼眶湿润。

"是的，一和二，你和我，一和二永远都在一起。"她的眼睛熟悉地一眨，眼眶早已湿润。

"那么，你是玲珑还是瑞琪？"我问。

"我是瑞琪，也是玲珑，以后，你就叫我琪玲，淇淋，你不是最喜欢香草冰淇淋吗？"她微笑。

"如此啊，这样好。"我把她更紧地拥在怀里。

"太奢侈了，我怎么可以这么幸福，同时拥有你们两个。"我喃喃地说。

"因为你是一个疯子加傻子，爱情就是一种信仰，而只有疯子傻子才会信仰爱情。"她笑了。

我也笑了。天色渐黑。

"你不觉得有些饿了吗？"琪玲问，"说说看，你想吃什么？"

"香草冰淇淋。"我低下头。

那是一个长达四十年之久的法兰西之吻。

24

我会一直记得那个春风沉醉的夜晚，我和琪玲相拥站在金门大桥的北山，彼时星光灿烂，空气里有一种既遥远又熟悉的香气。我们俯瞰金门大桥，潮水般的寂静欢喜和忧伤依次涌上心头。

夏至的梅里雪山

2036年的那个冬天注定是我生命中最漫长的冬天。

那天我把西子湖畔的画室锁好，然后上了我的声控小汽车。那是辆外形像小花生壳一样的电动车，小巧，时尚。周围不停地响起刺耳的救护车声，天空上也有救护飞机。一切好像都陷入了一种混乱。我的超薄手机里正在播放新闻。

"人类社会正在经历几千年来最严重的一次瘟疫。这个被称作'速冻人'的病毒传播速度之迅猛和地域之广泛令全世界惊恐…"

"换91台。"我对着手机说。

"传播途径尚不清楚，有说是体液接触，有说是唾沫接触，有些地方跟感冒病毒一样容易传染，有些地方好像没那么容易扩散。而且，医学界还没有研究出任何抗体。病毒源于云南梅里雪山附近，亚洲已经有20%的人口感染了，美洲15%，欧洲12%，非洲10%。"还是在说这个可怕的病毒。

梅里雪山？我的心跳了一下，那个世外桃源的地方怎么会成为病毒之源？

我叹了口气，"关机。"车子里一片静寂。

终于到家了，车停下来，地下车库门口有一个新装的自动消毒装置，把我的车冲洗了一遍才让我进入——都是为了对付那个鬼病毒。终于消停了，我进了车库，车门直接翻转，像是花生壳被剥开了，我走下车，从地下车库直接坐电梯到了家中。　"开门。"我说，门自动开了，是声控门。妻子孙月寒已经做好了晚饭，女儿小雪看到我高兴地跑过来，"爸爸，我要的栗子蛋糕买了吗？"

"糟糕。"我拍了一下脑袋。

"你总是这样，从来不把我的事情往心里去。"小雪嘟起了嘴。

"抱歉。"我承认我对小雪关心得不够，不过我最近好像有些丢三落四。

"就算你去了也未必开，周围好多店子都关了。好像上个世纪初的经济大萧条一样，真可怕。"月寒说。

"整个地球陷入了前所未有的恐慌。难道人类就要这样慢慢地失去记忆，失去语言，然后陷入一种混沌，人和人之间不再有任何沟通和交流，每个人都要孤独地生活在这个地球上吗？"电视上的图面是上海外滩，寥寥几个人，大家都躲了起来。街上走着的几个人也都带着口罩。

"关机。"我对着电视说。月寒看了我一眼。

"吃饭。"我说，我觉得自己像个鸵鸟。我的生活平静安逸，我住在杭州上城区的一个高级小区，我是个小有名气的画家，有自己独立的画室，走路就能到苏堤，我无法想象这样的生活被瞬间破坏掉。

但是鸵鸟的世界只能欺骗鸵鸟自己。可怕的事情还是发生了，我有一个学生感染了。而在她生病前两天，我还在手把手教她画速写。

一个星期后，我觉得脑子里有一只小蜂鸟在飞来飞去，什么都想不清楚。过了几天，我丢三落四的情况更严重了，那天开车回家居然找不到路了。好在车子里有智能系统，帮助我把车子开回了家。又过了几天，我只能做一些极为简单的动作，在房间里行走，吞咽。我去了趟厕所，身体觉得轻松了一些。但是头晕，根本无法思考。我非常慌张，跟月寒说了我的情况，她在我面前晃了晃手，我的眼睛跟着她的手转动。

"还好，你的眼神还能跟着动。"月寒说。

"你叫什么？"她问我。

"林雨辰。"我说。

"我叫什么？"她又问我。

"孙月寒。"我说。

"好像你的记忆力还没有退减。你是太紧张了吧。"她说，她是个沉得住气的人，即便她心里焦急万分。

那天晚上我和她好了一次。月寒是个谨慎的人，她在我进入之前带上了套套，我紧紧地抱着她，像抱着世界毁灭之前的最后一根稻草，我心里充满了恐慌。她怜惜地摸着我的头发。月寒第二天就陪我去看医生。我看着对面捂得严严实实的医生，一句话也说不出来，我的脑子里一团浆糊，我只是重复地说一个词，头晕，头晕。医生把我送进了监护室，他们给我做了电脑图检查。"非常典型的速冻人症状。可以吃饭，可以排泄，甚至可以做爱，但是渐渐失去语言和记忆。"

最可怕的是，没过多久，小雪也染上了这个病，她不再开口，看着我的时候眼神游离。她住在我旁边的病床。

天空是铅灰色的，我躺在桂山医院的病床上，看着窗外的花楸树的叶子一片一片凋零，而我的记忆也像那些树叶一样一点一点消逝。我渐渐什么都不记得了，是我将世界渐渐遗忘，还是世界将我渐渐遗忘？我躺在床上，我能听见医生和护士在我和旁边的病床之间奔走，我甚至看到一张焦急万分的脸，短头发，圆圆的脸，可是那是谁？医生叫她孙月寒，孙月寒是谁？她为什么一直在病房里？还有，旁边的小姑娘是谁？为什么我觉得她们似曾相识？我想说话，但是我只能在喉咙里发出一声闷吼。我什么也说不出来，我又一次发出了一声闷吼，护士跑了过来，

"请安静。"她的脸上有些焦急，我的眼泪顺着脸颊流了下来。我刚刚失去了记忆，然后我又失去了语言，我的世界没有昨天，我和整个世界隔绝了，我的世界变得寂静无声。

我的泪水又一次流下，我在失语的世界里昏昏睡去。深夜的时候我醒了过来，我看到了一张脸，一张漂亮的脸，欧式双眼皮。她穿着大白褂，递给我一颗圆形的小丸。

"吃下它。"她温柔地说。我看着她，她的眼睛里有一种温柔的坚定和一种善意。我吃下了它，很快又睡了过去。第二天晚上我醒了过来。依然是那个美丽的女大夫，穿着大白褂。

"你是谁？"我听见一个声音，是我的声音吗？我恢复语言了吗？

"太好了，你可以说话了。"她脸上露出了笑容。

"雨辰，你能说话了，太好了。"旁边那个短头发女生也说话了，温柔如水的目光。

我茫然地看着她们。那个短发的女生开始哭泣，"可是他好像什么都不记得了。"

"还记得我吗？"女医生又问，她的眼睛里有一种柔情——不是每个医生对病人都有这样的柔情。

"你是谁？"我又一次重复了那句话。

"我是夏至。你不记得了吗？"她说。

夏至？夏至是谁？好遥远的名字，我什么都不记得。

"我不记得。"我摇摇头。我突然看见她肩膀的地方闪了一下，然后，我看到了一个画室，光线阴暗，里面有一群学生，对面是一个漂亮的裸体模特，我不由自主从床上爬起来，走进了画室，和那群学生一起开始画对面的那个模特。她的目光似乎一直在我的脸上游离，她的肩头有一颗朱砂痣，她长得特别像一个人，像是……像是刚才坐在我病床边上的女医生。我转过了头，她还在旁边，但是我眼前的画室已经不见了。

"这是怎么回事？"我慌张地问。

"没什么，我只是用虚拟现实的办法帮助你恢复记忆。"女医生说。

"想起什么了吗？"

我摇头。

　　第二天晚上她又来了。我们简单聊了几句，我的眼前突然出现了一间整洁的房子，房间里的女生只穿着一件短袖青衫。我忍不住走上前，抱住了她，然后开始亲吻她，香草的味道，她也温柔地回应着我，"夏至！"我失声喊了起来。然后那一切突然就又全部消失了。

　　"想起来我是谁了吗？"女医生问。

　　"夏至！你是夏至。"我脱口而出。

　　"谢天谢地！我们来得还不算晚。"夏至笑了。

　　是的，她是夏至，我想起来了。她是二十年来我一直无法忘怀的那个夏至。

　　我的记忆回到了2016年的杭州，那时候，我还是中国美术学院油画系的学生。我喜欢那个美丽的校园，它依着西湖而建，安静幽雅。

　　我记得我第一次见到夏至是在那个朝北的画室，它在走廊的一角，采光不是很好。我在画室待了一下午，肩膀一直悬空，胳膊也没有依靠，特别累人。对面是个裸体模特，长长的乌发半遮着她年轻姣好的脸庞。她一手撑地，一手捧着一只红苹果，双腿重叠侧卧，两只丰乳透着温润的光泽，像刚才从藤架上摘下来还裹着一层白霜的葡萄。她的右肩上有一颗朱砂痣，微红。这是个新模特，姿势不够自然，身段曲线却是极好。我以前画模特的时候，都没有什么感觉，这次却是一次次心潮起伏。

　　天色渐渐转暗，房间里本来光线就不好，现在更是阴暗，我看着模特的方向，突然就看到前面一阵光亮，那亮色照进来，照出了一道椭圆柱体的尘埃光柱。然后在那亮色光柱中升起一条路，再细看，其实是一条清澈的溪流，高高地悬在半空，一边是直冲云天的峭壁，一边就是深不见底的悬崖。那水路清浅，闪烁着光芒，仿佛来自另一个世界。但是只是稍纵即逝的一刻，房间里又恢复了灰暗。我揉了一下眼睛，是幻觉吗？还是梦境？对面的模特还是那张青春灿烂的脸庞，我笑了，一定是自己开小差了。

　　到下午快六点，素描课终于结束。我把作业收好，去食堂吃饭。学生食堂熙熙攘攘，我居然看到了那个模特，我走了过去，"嗨，我叫林雨辰，记得我吗？""当然，我叫夏至。"她笑了。我和她闲聊了一会儿，知道她老家在梅里雪山附近。吃过饭，我们走在回家的路上。冬天的杭州瘦山瘦水，清凛凛的西湖水面上有一层似有似无的雾气。

　　天色渐黑。"不如我送你回去？"我提议。"好啊。"夏至柔声说，她的眼睛很亮，我心里有些发痒。夏至住在河坊街附近。我们打了个的到了她住的公寓楼，夏至问，"你要上去坐坐吗？"我拿不准她是客套还是邀请，顺口却接了个"好啊！"我和我的前女友分手有半年了，而眼前的她是个妩媚可人的青春少女，我为自己的卑鄙暗暗羞愧。

　　她的房间非常的整洁，整洁得像从来没人住过。

　　房间里开了空调，暖和。她脱了外套，只穿一件青色的短衫，我从背后搂住了她，她温顺如水。我顺势褪了她的短衫和内衣，我轻轻抚摸着她的肩膀，她的长颈和她的两只水蜜桃。她肩膀上那颗痣在夜色里格外显眼。我低下头，吻了她，她的唇很冷。

空气里一切都酝酿得恰恰好。

突然之间，她肩上的那颗朱砂痣似乎闪了一下，我眼前仿佛又闪现出那条水路，那条清澈的水路，高悬在半空中的水路，一边是云天，一边是悬崖。我正迷惑中，她却像是突然变了一个人，一把把我推开。

"对不起，我有些不舒服。"夏至脸色有些白，她的眼睛里有一丝冷。而前一分钟的她还是那么性感，热情。她迅速套上了那件青衫。

我有些诧异，更多的还是难受，一切都刚刚被调动起来。我不得不突然刹车，努力平息自己。

"好。"我的喉咙有些发涩。我不会勉强一个女孩子。

"那么，我先走了。"我穿上外套，下了楼，心里的骚动在冬天的风里降了温，一点点下沉。两次看到一场虚幻的景象，再加上一场差一点要成真的艳遇，这真是一个奇怪的冬天。"真他妈邪门。"我暗自骂了一句。

过了两天又是素描课，这一次，却换了一个模特。我失落极了，还以为可以再见到夏至。整个冬天，我一直没有再见到她。春天也是一咕噜地滑过去了。初夏的阳光照耀着这个婉约得如唐诗宋词的城市，我想起了那个叫夏至的女孩，心里有一丝悸动。只是夏至西湖，伊人却何在?

"雨辰，雨辰！"我的回忆被打断了。恍惚中我又看到了那个女医生，是的，那个叫夏至的女医生。"好好休息，先不要想太多。"她温柔地说。夏至，那个谜一般的夏至，后来去哪了呢？为什么又在这儿出现了呢？我的脑子还是有些乱，我看了看窗外，烟青色的天空，能看到远处的六和塔，像是水墨画，似有似无，似真似幻。旁边床上的小姑娘是谁？为什么觉得那么眼熟？

几天后，女医生又来了，她的右肩一闪，我的眼前突然出现了一大片花海，我甚至闻到了花香，小蜜蜂在花蕾里嗡嗡作响。我走进了那一片花海，我又看到了她，那个酷似女医生的她，坐在一大片花海里，山风吹着她的发梢，撩起了她的短裙。我心潮澎湃。我向她走去，低下身，抱住了她，她的皮肤那么滑腻，充满了质感。

"夏至！是你吗？"我忍不住又喊了她的名字，我的记忆又回到了2016年的那个暑假。

那是个古怪的暑假，我连着几个晚上都梦到梅里雪山。当我第五天又一次梦到它的时候，我决定去一趟梅里雪山。我早就想去了，在我觉得，那是一个我可以透一口气的世外桃源。虽然杭州被称作人间天堂，但是却越来越拥堵，年轻的我总有想逃离的冲动。我还有一个小心思，我记得夏至说她家是在梅里雪山附近。或许能在那碰到她？我撇撇嘴笑了——为自己这个幼稚的想法。

我从杭州先坐高铁到昆明，再从昆明坐大巴到丽江，然后从丽江到香格里拉，最后目的地是飞来寺，可以坐在那看梅里雪山。我随身带着画夹和一块毯子，经常把毯子一铺，坐在上面把画夹一支就开始写生。我一路游荡，一路画过来。这是块神奇的土地，我觉得自己的灵感和创意像泉水一样不停地冒泡泡。

那天我住在飞来寺附近的萨顶那青年旅舍。我住的是四人标间。晚上几个来自天南地北的年轻人聚在一起聊天。"有谁要去雨崩吗？据说是真正的世外桃源。"对面床上的小伙子叫杨川，他样子有点凶，眼角有道小疤痕，人倒是不错，他一边说，一边拿出手机，"看，这是我一哥们在朋友圈发的相片，从尼农到雨崩的路上，半山腰的溪水，够震撼的吧。"

我惊呆了。

那条溪水正是我去年冬天两次看到的那一条水路，一边是云天峭壁，一边是悬崖。

"我要去。"我不由自主地说。

我们一行四人找了一个藏民向导，第二天一早就出发了。尼农到雨崩的步道很艰险。一开始就是个堆满碎石的上坡路，非常难走，路窄，坡陡。我走的时候低着头，一路喘气。直上以后就是盘山小径，沿山而凿，那山墙逼人而来，令人头晕。走了两个多小时，山路转了个弯，我屏住了呼吸——我看到了那条半山腰的溪流，溪水更清更亮，阳光照在上面，碎金一样地闪烁着。我呆住了，那么，我之前看到的既不是梦境，也不是幻像。我又一次疑惑了。但是我不敢细想，小心翼翼地低着头前行。溪水边上是非常细窄的路沿，而路外就是悬崖，悬崖之底就是奔腾的澜沧江，掉下去肯定没命。

大概走了四个小时，我们终于快到了下雨崩村。站在山腰上，我被山脚下这个寂静美丽的山村再一次震撼了。头顶是蓝天，蓝得纯粹，天真。蓝天下是深绿色拔地而起的绿色山峦，绿色山峦之后是白雪皑皑的梅里雪山，和我梦到的一模一样，而山谷之底云雾缭绕中是一座座白墙黑瓦的小房子。"好一个世外桃源！"我心里暗叹。到了旅店安顿好，我就拿了画夹出来，准备找个地方写生，画下这美得让人窒息的地方。刚走到门口，我看到了一张熟悉的脸，年轻姣好，长发披肩，却挡不住她那双清澈的眼。

"夏至！"我脱口而出，简直不敢相信自己的眼睛。

她看了一眼我，脸上的微笑慢慢绽开，像是午夜12点一点点盛开的昙花。

"雨辰！真的是你吗？"她笑了。

"这么巧，你也是来这玩吗?"我还是不敢相信。

"是啊，来这里小住。你忘了，我家住在梅里雪山。"夏至笑问。

"怎么会忘？一直记得。告诉我，你上次为什么突然消失了？"我着急地问。

"嗯，家里有事。"她有些闪烁其辞。

"今天正好是夏至，夏至时节逢夏至。真是太巧了。"我说。

"可不是吗。"夏至笑了，她注意到我的画夹，"要去写生吗？"

"是，要不你陪我去。"我笑着问。她答应了。

一路草长莺飞，两个人并肩走着，我能闻到她身上的清香。走了没多久，就到了一个小山腰，在这里能看到太阳照在不远处的梅里雪山上，先前还是白色的雪山，现在像是火山熔岩一般炙热红火，标彰着同属于太阳和地球的光辉岁月。

"这就是著名的日照金山。真好看。"夏至说。我看着她，背后就是金光闪闪的梅里雪山，我好几次梦到的那座雪山。我的心里有一种热潮在涌动。也许是冥冥之中有一种力量牵引着我来见她？我忍不住摸了摸她的头发，她笑了。

雨崩是个长期与外界隔离的地方，这里的植物长势旺盛，奇异，林间小路错落无致。下山的时候我们有些找不到路了，在林子里转了一阵，突然眼前一亮，一大片野菊花开在漫山遍野的小坡上，开得如火如荼，灿烂斑斓，仿佛开到荼蘼，下一刻马上就会凋零。

"美得邪门。"我说，我一边说，一边从背包里拿出那块毯子，铺在那一片花海里，坐上去就开始画画。夏至走过来，笑问："不如我做模特？""求之不得。"我说。

夏至便坐在了毯子的那头，周围是一片灿烂至极的花海，花海里是那个俊俏风情的美人儿，山风吹起她的发梢，也撩起她的短裙。我看着她柔嫩白皙的肌肤，圆润如珠的臂膀，不由想起了乔尔乔内的那幅名画，《沉睡的维纳斯》，我有些画不下去了。我停下了笔。

"怎么了？"夏至笑问。我没有言语，我放下画夹，走近她，低下身，捧起了她的脸，如饥似渴地亲吻着她。我把她压在了身下，压在那一大片花海里。我揉捏着她的每一寸肌肤，亲吻着她的每一片领地。夏至一开始有些生硬，但是很快也热烈起来，她回应着我，勾住我的脖子，轻咬着我的耳垂，我的下巴。两个人在花丛里喘息着，翻转着，我从来没有这么亢奋过，身体里仿佛有千军万马，我坚硬如磐石一般挺进到她的身体里，她发出了小声的呻吟，我吻住了她的嘴，身下却是更猛烈地冲击。她的声音越来越大，身体越来越湿润。然后我以千里之势，排山倒海涌进她的身体。她发出了一声高亢的声音，那美妙的声音在山坡上回响着，而我也瘫软在她的身体上。

"我爱你。"我抱着她，轻轻地说。

"爱是什么？"她皱起了眉头说。

"爱你，就是要你。"我笑着说。

她也笑了，"谢谢你，我以前不知道性是这么美妙的东西。"

"你以前没有做过吗？"我问。

"嗯……"她不说话了。

我也不再说话。两个人就这么相拥着，听着树枝上小鸟的啾鸣，整个世界都静寂如水。

过了好久，我们才收整好，手牵着手往山下走去。我一边走一边唱起了一首歌，我最喜欢的《天空之城》：

> 谁在遥远的夜空，等飞过的流星
> 看它照亮谁的路，谁走入了谁梦中
> 谁站在城中等着你，谁在城外等我
> 看天空之城的焰火，照亮的是寂寞

"这首歌好听。"夏至说，天色已经暗下来了，她抬头看着蓝色的星空，"天空之城，我喜欢。"

"喜欢，我就天天给你唱。"我说，说话间就到了旅舍门口。

"你住哪个房间？" 我问。

"522。"夏至说。

"你一个人住吗？"我问。

夏至笑而不答。

晚上，我在床上躺着，久久难以入眠，我回味着她性感的身体，她诱人的体香，身体在一点点变硬。我下了床，小心翼翼下了地，轻轻拉上门，生怕吵醒了室友。我敲响了522的房门。

"谁？"房间里是夏至的声音。

"我，雨辰。"

门开了，我们抱在了一起，像两块牛皮糖一样胶着在一起。一夜激情。我们尝试着各种姿势，我一次一次冲击着她的身体，她发出一阵又一阵美妙的声音，那是一个疯狂的夜晚。

第二天，我跟杨川他们说，我要和夏至去神瀑，不跟他们去神湖了。"重色轻友啊！"杨川笑着说。我笑笑，没有理他。

那几天是我这辈子最甜蜜最浪漫的时光。我和夏至白天一起游玩，晚上在旅馆里翻云覆雨。

　　第五天的早上，太阳好高了，我才醒过来。夏至却不在身边。我想给她打个电话，这才想起，根本没有她的任何联系方式，手机，微信，都没有。我在旅馆大厅里等了大半天，也没见到她。我等到中午，下午，还是不见她的身影。我就这么一直傻等着，快天黑了，也没有见到她的影子。我试着去问了前台，好在是小地方，旅舍保密意识不强。"她一大早就退了房走了。"前台的服务人员回答。

　　"什么？"我惊住了。难道她又会像上一次那样神秘地消失吗？为什么又是昙花一现？！我觉得这一切太匪夷所思了。我在夏至的这一天，地球离太阳最近的这一天，再一次碰到了那个叫夏至的女孩，并且如痴如狂地在雨崩这个世外桃源里相亲相爱。而现在，那个夏至如轻烟一般，不知道飘散到哪个天涯海角了。

　　我一个人踏上了归程。从雨崩经西当，然后是丽江，昆明，杭州。坐在火车上，我看着漆黑的田野和山丘，心里的悲伤一层层涌来。她在哪？还会再见到她吗？

　　回到杭州的头几个月，我觉得身体里有一部分已经缺失了，我在每一个角落都在寻找那个身影。有一次我一个人去了西湖断桥，杨柳依依，晓风残月，前面人影绰绰，我觉得我似乎是看到了夏至，但是当我追上去在后面呼喊"夏至"的时候，那个姑娘一点反应都没有。我不甘心，绕到她面前，再看，的确不是夏至。我心里一凉。我就这样一次次地在凉水里浸泡我的希望。失望越积越多，两年以后，我认定自己再也不会见到夏至了，也不再拒绝别的女孩的目光。然而，我知道，在我心里，雨崩的那些日子，是再也无法抹去了。而在每个夏至的夜晚，我都会想起她，想得心里发痛。

六年之后，我终于结了婚，慢慢安定下来。我一开始是在一家儿童教育中心教画画。几年后，我自己开了一家小小的画室，收了二十几个学生。我的特长是速写，我可以非常迅速地画好一幅画。我的妻子孙月寒是我在原来那家公司的同事。好脾性，样子也好，圆圆的脸，笑起来像"苏堤春晓"的垂柳拂面。我们在结婚两年后生了个可爱漂亮的小姑娘，我给她取名小雪——那天正好下着雪，那是 2026 年入冬的头一场雪，距离我第一次见到夏至已经有十年了。这么多年了，我常会想起那片花海，想起那个叫夏至的女孩，想起 2016 年夏至的那一天，心里便有无限惆怅和忧伤。

我没有想到时隔二十年，我还会再一次见到夏至。而这时的我躺在病床上，夏至却是我的医生，帮助我一点一点恢复语言和记忆，这一切太不可思议了。

"你帮我搜集雨辰以前的照片，拍摄你们住过的地方。然后我来合成虚拟一个个高逼真的场景…"那天晚上，夏至又来了，她跟旁边的短头发说。

"你会觉得一切都跟真的一样。这样超逼真的场景，会刺激你的脑细胞，帮你寻回记忆。"她又转过头给跟我说。我看着她的脸，那张精致的脸，心里有一种悸动。二十年了，我一直把她安放在心里的一个角落，无法忘怀。雨崩的那几天美好得像一个旧梦，一个褪了色的却不会消失的旧梦。但是，眼前的她似乎都没有老去太多。她是什么人，我的脑子还是乱糟糟，可是我好像理出了一些重要的东西。

"你是谁？"我问她。

"我是夏至。"对面的她说。

"我的意思是，你是什么人？夏至是谁？这一切太奇怪了。"我问。

"这个不重要，重要的是你恢复正常，他就放心了。"夏至说。

"他？她？是谁？"我诧异极了。我觉得我的脑子已经快接近我最高效的时候了，它像一个以加速度增长的机器，越跑越快。只是她这句话还是像费马定理一样难解。

"没什么。"她似乎是躲开这个话题。

第二周，我觉得我已经恢复了许多记忆，但是还是想不起旁边的女孩和房间里的那个短头发是谁。那天晚上，夏至又给我看了一场高逼真虚拟现实的场景。冬天的杭州，天空是浅灰色的，下着小雪，我匆匆赶到浙大附属医院，一个圆脸的女人把一个小小的包裹里的孩子递给我，脸上的笑容像春风拂面，"雨辰，咱们的孩子！"我小心翼翼，有点笨拙地接过那个孩子，抚摸着她的小脸蛋，红红的，她的身上散发着好闻的奶香。

"小雪！"我叫了起来。然后，那场景消失了，我看着旁边的病床，那里躺着一个十岁的孩子，她躺在那，细长的眼睛紧闭着。

"月寒！"我看着身边短头发圆脸的女人说。月寒的眼泪流了出来，"雨辰，你终于记起了我！"她紧紧地抱着我，眼里满是怜惜，我也紧紧地抱着她，眼睛看着小雪。

"小雪！"我走到小雪的病床，跪在她身边，握着她的小手。

"请你救救她！"我转向了夏至。

"还得再等等。我没有那么多药。给你的是实验品。"夏至说，她的眼神还是那么平静。

"药什么时候到？"我问。

突然，她的肩膀上又闪了一下。

"对不起。我有些事。"她的脸色一变。

我一把抓住了她，"请不要再不辞而别了。我的女儿需要你！你也是有孩子的人吧？"

"是的，我是一个母亲，我要去解救我的孩子。"夏至说。

我松开了手。"你的孩子怎么了？"

"没时间解释了。"她一闪身就走了。

我追到楼下，已经看不见她的身影了。难道她又会像上次那样消失吗？我怅然若失，房间里，小雪还是那张苍白的脸，她的眼神游离在窗外。

感谢上帝，不到一个小时的功夫，夏至又回来了。

"我需要你的帮助，救救我的孩子。"她开门见山。

"你的孩子，可是我的孩子还躺在这呢。"我有些生气。

"救了我的孩子，就能救你的孩子。"她看着我，眼神的坚定让我无法拒绝。

"我能帮你什么？"我问她。

"跟我走。"她说。

"照顾好小雪！"我跟月寒说。

月寒握着我的手，"你小心。"她的眼里充满了担心。

我拍拍她的肩，转身走了。

我们到了医院顶层的停车场，"坐我的车子吧。"夏至说。

我站在停车场四处张望，"你的车子在哪儿？"

她肩上的痣闪了一下，我眼前出现了一辆红色圆型车，我吃惊地抬起头看着她，"这辆车子可以隐身？你是什么人？"

"上车再说吧。"

这是一辆奇异无比的车，车门自动下缩到底盘，我踏进车，车门又自动上升紧闭，车子外面像一个圆形的大苹果。车子没有方向盘，她面前有一个大大的显示屏，她对着车子说了几句天书——一种我根本听不懂的语言，车子开动了——或者说飞动了，直接从顶楼向远方飞去。

"你的妻子很爱你。"她看着前方说。

我有点诧异她会关注这些，但是我没有搭她的话，而是问她，"说吧，你从哪里来？”

"我来自钴蓝城。一个距离地球十万光年的星球。"夏至说。

"你是说，你不是地球人？"我不敢相信自己的耳朵，难道这么多年我念念不忘的居然是一个外星人？

"是的，我不是地球人，我是外星人。更确切地说，我是克隆外星人。"夏至依然看着前方。她开始简单地叙述她的故事，一个我不知道该不该信的故事。在她的叙述下，一个遥远的星球上陌生的文明一点点呈现在我的脑海里。钴蓝城上的居民叫费马人。费马文明比地球文明存在要早几千万年。费马人一生出来就在肩上装了一个超级计算机，男左女右。这个超级计算机辅助他们的大脑，学习速度呈几何级数增长。所以费马人拥有高度智慧，非常理性，他们的智慧创造了极大的物质丰富。

"那么你肩膀上的痣就是那个超级计算机吗？"我想起她右肩上的痣。

"是的，它实际上充当了我们之间的同步翻译，把地球语言翻译成费马语言，然后再把我的费马语言翻译成地球语言。"

"所以你刚才跟你的车子说的是费马语言？"我又开口。

"是。"她看了看我。这一次，我注意到声音的确来自她的右肩。我心里一跳，这是真的吗，我面前是一个外星人吗？！我想起在科幻大片里一次次看到外星人入侵地球的可怕的故事，使劲捏了自己一把。我觉到了疼，不是做梦。我开始惶恐，"你们来地球做什么？"

"我们……"夏至突然说不出话来了。

我像是突然悟到了什么，"这次瘟疫是和你们有关吗？你们是要至地球人于死地吗？"

"是，又不是。我没时间解释那么多。相信我，我是来帮助你的。"她看着我。她的眼光急切又诚恳。我决定选择相信她。事实上，我别无选择。

"那么，我能帮助你什么？"我嘴角露出一丝苦涩和轻蔑，原来这么多年我思念的居然是人类的敌人。我毫不怀疑，他们的病毒可以在瞬间毁灭整个人类。

"帮我救出我的孩子，他的名字叫谷雨。"她停顿了一下，看着我，眼里的那种柔情再次出现，"他也是你的孩子。"

"什么！这不可能！"我几乎是叫了起来。

"你还记得在雨崩的那几天吗？孩子就是那个时候孕育的。"她看着我，目光温柔。突然，我的前方出现了那个孩子的样子，他刚出生的时候，细长的眼睛，像极了小雪小时候的样子。我的手伸向前方，我能摸到他的小脸，我的眼睛有些湿润，这孩子的确像我。他孕育在梅里雪山脚下的雨崩，那个美丽的世外桃源。我的心里像是有山溪水在轻轻地流淌，细滑，温柔。我眼前的他慢慢长大，一点又一点，一年又一年。他的个子越来越高，他有一张帅气阳光的脸。有一个场景，他像是站在一座高山上，白雪皑皑，那座山竟然是有些像梅里雪山，那是钴蓝城吗？然而，很快，一切又消失了。

"那是梅里雪山吗？"我问。

"是的，不过那是钴蓝城的梅里雪山。"夏至说。

"他今年二十岁了。"她的眼睛流露出一种柔情。

"他现在在哪里？他有生命危险吗？"我着急地问。

"是的，我们现在就是去救他。"

"怎么救？"

"他现在和我们的敌人一起困在一个时间胶囊里。但是时间胶囊很快就会失效，你和我要在失效之前把他救出来。"夏至说。说话间，我们已经到了西湖上面。夜色里的西湖格外柔静，水面闪烁着点点微澜。而在"柳浪闻莺"和"三潭印月"之间的湖面上停着一只画舫，乌檐红窗白帘，比普通的画舫大一些，有两层。屋檐角还挂着铃铛，风声起，铃铛细碎地响起，声音回旋在水面，添了几丝诡秘。夏至的红苹果飞行器停在了湖面上靠近画舫的地方。

"现在，你一个人进入画舫，你要迅速找到谷雨，把他带走。其他任何你看到的人都不要管！任何人！"夏至说。

"什么，我一个人？你不去？"我吃惊地问。

"我去了只会添乱，因为我一进入就会被冷冻，而你是地球人，不受时间胶囊里引力的影响，来不及了，只有十分钟了！"我还没来得及说话，夏至一把把我推进了画舫。

画舫外面看起来似乎和平常的画舫并无两样，里面的灯光不是特别亮。一共两层，下面一层是一个长长的厅和一排排的座位。我进入的是底层，我看到了一个中年男人的背影，我转到他面前，他站在那，手伸向前方，一动不动，像个雕塑。但是那张脸似曾相识。我使劲回忆，他的眼角有道小小的疤痕。"杨川！"我想了起来。是的，是在萨顶那青年旅舍遇见的那个年轻人，因为他的那张水道的照片我才去了雨崩，那么，他也是来自钴蓝城？！原来，一切都是安排好的，是费马人一路指引着我去雨崩，"遇见"夏至，然后孕育了谷雨。可是，为什么？费马人那么聪明，为什么要和地球人孕育后代？！

我心里疑问重重，但是想起了夏至的那句话，"其他任何你看到的人都不要管！任何人！"我又看了一眼杨川，继续往前走。没走多久，我被我眼前的又一个冷冻人惊住了。"夏至！"我失声说！漂亮精致的脸庞，欧式双眼皮，她双手抱肩，一动不动。"夏至，你怎么在这？！"我对着那个雕塑般的冰美人大叫。但是她毫无反应。夏至的声音又一次回响在我的脑海，"其他任何你看到的人都不要管！任何人！"我狠狠心，继续往前走，我看到了另外一个冷冻的男子，一张陌生的脸。

"可是谷雨在哪里？"我搜索着，底层没有他。我上了楼梯，到了顶层。顶层两头各有一个厅，中间是长长的回廊连接着两个厅。我先是进到船头的那个厅，没有一个人，然后，我看到回廊上的那个人，他缓缓而动，像是电影里的慢动作。我快步走了过去。我看到了那张脸，那张几分钟前我还在夏至的苹果车里看到的脸。那张像我也像小雪的脸。可是，那张脸，并没有长大后的那么阳光帅气，而是有几分呆滞。

"谷雨！"我喊他。他听到了声音，慢慢地移动着他的眼神。

"是你吗？雨辰？　爸爸？"他的声音像是来自被冻住了的冰块，一点点融化，一点点传到我的耳里。

"孩子，是我！"我忍不住抱住了他。

"爸　爸，　我终于找到了你。"他的声音还是那么缓慢，但是他的眼睛有些湿润。

"好孩子，为什么你没有冷冻？"我问。

"因　为　我　有　一　半　地　球　人　的　基　因。"他回答。原来如此。我忍不住又一次拥抱了他。我的孩子，我和夏至的孩子，一个孕育在梅里雪山的雨崩，诞生在钻蓝城的孩子。他也紧紧地抱住我，"二十年了，我终于见到了你。"我的眼眶湿润了，亲情，十万光年的距离，二十年的时光也隔不断的亲情。我的心里像是有江河水在翻腾，我抱着他，眼泪忍不住流了出来。

过了好一阵，我才醒悟过来，我想起了夏至的话，我得把他带走。"快，快，孩子，快跟我走！时间就要到了！"我拉着他下了楼，可是谷雨的动作那么笨拙，我扶着他，艰难地穿过那个陌生的男子，穿过夏至，穿过杨川。我们就要接近画舫之门了。可是突然，脚下的一个凳子绊了一下谷雨，他直挺挺地倒在了地上！"疼吗，孩子？"我心里无比怜惜他，一边试图把他扶起来，可是他那么重，动作又那么迟缓，我脑上的汗一滴一滴直冒，只有一分钟了！他终于艰难地爬了起来，我扶着他向门口走去。

然而太迟了。突然间，灯光大亮，那三个冷冻人都复活了！杨川离我最近，他使劲推我和谷雨，"快走！"但是他近旁的夏至大声呵斥，"站住！"我惊呆了。她好像完全变了一个人，全然没有夏至的温暖，眼里的目光冷得像冰。她一边说着，一边飞奔而来。杨川马上伸手挡住她，两个人打斗起来，那个冷酷的夏至动作凶悍，身手矫健，杨川也不示弱，翻身360度，踢向夏至，夏至身后陌生的男子飞速赶来，他双手一扬，挡住了杨川的攻势。

就在这时候，画舫的门开了，夏至冲了进来，我看看她，再看看另一个夏至，眼珠都要掉了下来，原来，是两个夏至，两个长得酷似的夏至！我的脑袋彻底短路了，所有这一切已经超出我的脑力能够想象和解释的范围了。

"站住。"夏至说，她声音不大，但是很有力。她神情冷峻，肩上的朱砂痣在闪动，她的手向两边拨开，像是《出埃及》里的摩西，从大海中拨开一条道路。顷刻，所有的动作和声音都停止了。然后，我的眼前出现了一副诡异的景象，一大朵一大朵硕大无比的酷似金菊花的花朵在迅速长高长大，我甚至能听到花骨朵迅速长大开放的声音。我突然看不到周围的人了，除了我一直握着的谷雨的手。

慌乱间，有一双手握住了我。"我是夏至！"她说，"我模拟了一个金菊花迷宫，跟我来。"她牵着我，我牵着谷雨，我们在金菊花迷宫里穿梭。我们一路狂奔，那硕大无比的金菊花晃着我的眼，叶子上有细细的小刺，我能感到那刺划过我的手臂和小腿，有一种实实在在的刺疼。但是我没有时间顾及，我和谷雨跟着夏至左突右奔，终于跑出了迷宫。

"我现在发信号给杨川，告诉他出迷宫之路。"夏至说着，她的肩膀上那颗朱砂痣发出微弱的红光。没过多久，杨川也匆匆跑了出来，"你设计的这个迷宫太精巧了，没有你的指路我肯定出不来。"他大口地喘着气，脸上是斑斑血迹。

"是的，这是一个三维迷宫。"夏至说。

"但是凭借他们的智力，很快也会找到出路的。"谷雨说。走出时间胶囊的他脸上的呆滞一扫而光，站在那儿英气逼人。我入神地看着这个英俊少年，他真的是我的孩子吗？

"那怎么办？"我看着他，像是询问一个长者。

"妈妈会有办法的。"他转向夏至，脸上满是敬意。

"二次虚拟。他们进入二次虚拟现实之后，能力会进一步削弱，我们就可以想办法制服他们。但是我们现在是在一次虚拟现实里，超级计算机很多功能会失效，我没有办法调用一些虚拟场景，只能拜托你用你最快的速度素描一些场景。我把这些素描的场景电子化，再次虚拟。"夏至说。

"画什么？"我没有太明白她说的话的意思。

"要画钴蓝城没有的东西。画我们不知道的东西，打他个措手不及，想想有什么是让你害怕的吗？"夏至问。

我看着她，"可以先告诉我为什么会有两个夏至吗？"

"不，不是两个夏至，她是冬至。她该是我的妹妹，我们都是克隆人，我是夏至生的，她是冬至生的。"

"哦。"我恍然大悟，"可是为什么两个人对我们地球人一个是友一个是敌？"

"以后我会告诉你的。现在，拜托，请画一个场景，一个令人恐惧的场景。"夏至说。

　　"不，请告诉我这一切，我需要一个理由。我的智力虽然没有你们费马人那么高，但是我有一种感觉，知道来龙去脉会帮助我们的。"我从来没有这么坚定过。

　　"好吧，我长话短说。"夏至皱起了眉头。

　　她继续她的故事。原来，在漫长的演变过程中，费马人变得情感淡漠，性功能退化，性作为一种生理需要，可以用虚拟现实获得。婚姻也不再被需要，因为费马人理性，有责任感，老人会被社会极好地善待。长此以往，星球上的人口越来越少。因为没有生殖，又为了阻止种族灭绝，费马人实际上已经是克隆技术产生的后代，费马人种变得越来越单一。更糟糕的是，因为克隆人本身的缺陷，费马人寿命逐年递减。无奈，他们只得想其他办法。他们发现了遥远的银河系的地球，决定创造费马人和地球人的杂交，看看这样产生的物种是否会同时拥有费马人的高度智慧和地球人的情感，并拥有地球人健康的体魄。而谷雨就是这个计划的实验品。

　　"所以你们处心积虑安排了一场雨崩之恋。"我说，心里有一丝苦涩，没有人喜欢被欺骗，尤其被欺骗的是感情。

　　"是的。"夏至低下了头。我想起了那个冬天出现过的两次神奇的水路，应该也是虚拟现实的产物，目的不过是指引我去雨崩。

　　我看了一眼谷雨，他英俊的脸上有一种严峻的神情。我不知道他知道自己的身世以后有何感想，他是钴蓝城唯一一个异类。我很想知道他在钴蓝城这二十年的生活。他是在所有费马人的注视下成长起来的，那样的生活经历对他的心灵和心理有什么影响呢？我想起了一个古老的电影《Trueman Show》。那样的日子没有自由，没有隐私，一定非常不自在，非常受煎熬。我难过地拍了拍他的肩膀。

"为什么是雨崩？"我心里又有了另一个疑问。

"因为，那里是地形、气候最接近钻蓝城的地方。高山，湿冷，空气纯净。而且，梅里雪山之巅其实是通向外太空的虫洞入口。"夏至平静地说。

原来如此，那么巧，我的名字里也有一个雨字。是因为这个，我们的孩子取名谷雨吗？

"可是为什么要用'速冻人'病毒攻击地球？"我想起了还在病床上的小雪。

"因为，费马人渐渐分成了两派，一派人愿意观看谷雨的成长，看效果如何。但是另外一派，就是以冬至为首的强硬派，准备把地球人速冻，然后在地球人脑袋里注入费马人的高度智慧和意识，把地球人迅速演变成费马人和地球人的一体。"夏至看着我说。

"太可怕了，这意味着人类精神上的死亡！"我叫了起来。

"冷静！我们费马人有一部分是不赞同这个办法的。但是强硬派出手太快，已经在地球上散布了这个病毒。我们晚了一步。但是，不算特别晚。"夏至说，"我和谷雨，杨川，原来是带着药过来的。我们租了这条画舫，住在里面，由我先把药给你，看效果如何。可是强硬派的人发现了，尾随而来，我只好用时间胶囊把他们几个冷冻在画舫里，出来找你帮忙。"

"好了，现在我们该考虑画什么了吧。"杨川插了一句话。

"我知道我要画什么了。"我喃喃自语，"我要画下一个孩子从小到大父母对他们的爱。"我想起小雪和谷雨。

"有用吗？"夏至将信将疑地看着我。

我不再说什么，我画了一个长长的长长的隧道，是一个地下通道，小雪小时候上学总要穿过那个地下通道到对街的学校，有一次，她央求我陪她一起走，我却没有答应。

我又画了好几个场景，那些我一直记在心头温暖的记忆和一些我想弥补的遗憾。那是给小雪的，也是给谷雨的。费马人太理性太独立，理性得不需要彼此的爱。然而我固执地以为，爱，只有爱才能溶解一切。

"爸爸，你的想法是好的，但是爱不是一分钟两分钟的事情，你可以一时感动他们，但是爱，真正的爱是需要时间的考验的。"谷雨说。他叫我爸爸，那么温暖的称呼，我的心里有一道暖流涌过，他居然可以同时拥有地球人的感性和费马人的理性。

"那怎么办？"我问。

"费马人最感性的时候，就是智商最低，最不理性的时候，也许能暂时把他们骗上回钴蓝城的飞船。"夏至说。

"只能先这样了。"杨川说。

我飞快地画着这些场景，谷雨在一旁看着。

"好温馨。"他说，"其实妈妈小时候对我非常严厉，非常不近人情。她和冬至一样理性，有的只是责任，而不是爱。但是她一点一点地改变，爱真的就是力量。"

我看看他，再看看夏至，难道费马人也会一点一点地改变吗？

夏至并不搭话，而是专心致志地操作超级计算机，把我的速写电子化，然后转变成一个个场景。一切搞定后，我们潜伏在金菊花迷宫的出口等待他们的到来。时间在流逝，我们紧张地看着出口。

但是我们想得太天真了。在冬至和她的助手冲出迷宫的同时，他们的肩膀闪了一下，然后，他们进入了我们模拟的二次虚化的隧道，而与此同时，我们却被甩进了另一个隧道，一个和我画的场景一模一样的场景！

"他们一定是用了镜像虚拟的技术！"夏至大叫！原来，虽然他们不能画出另一个虚拟场景，他们想到了我们会用这一招，所以在出来的同时，通过超级计算机克隆了一个完全一样的场景！我们三个人在那条隧道里走着，黑暗的地下通道，走着走着，小雪出现了！我高兴地跑上去，牵了小雪的手。

原来所有我们发出的善和恶都会以同样的力道回放在我们自己身上。这是所谓的因果报应还是物理里的作用与反作用力？好在我没有画那些令人恐惧的场景，我不由暗自庆幸。

"爸爸，爸爸！你在这！"小雪高兴地向我走过来。

我牵着小雪的手，小雪那么聪明玲珑，那么多话。

"爸爸，你每天都带我过地下通道好不好？"她跟我说。

"好的，我天天陪你过。"我握住了她的手。这之前，我不知道她的心里有恐惧，我总是要她自己一个人过隧道去上学。

"爸爸，我以后再也不会怕这个隧道了，因为有你陪着我一起走。"小雪看着我说，她的眼睛一闪一闪，像夏天的星空里抬头就能看见的满天星辰。

接下来的场景是小雪去参加一个考试，那天早上她慌慌张张地，饭也不吃就要走了。

"吃一点吧。"我央求她。

"可是来不及了，我坐校车走了！"她说着，就下了楼。

我提了她最喜欢的栗子蛋糕，开着车跟在她后面。到了考场，我把蛋糕送到小雪面前，她眼睛都亮了，"谢谢你，老爸！"我抱着她，"爸爸不是个好爸爸。"我知道自己不是个好爸爸，现实生活里，好多次，我总是忙自己的事情，随便给她一点钱要她自己去店铺里买。

"可是现在的你是，我要现在的爸爸。"小雪说，我的脸上露出了金菊花一样灿烂的笑容。谷雨在远处一直看着我们，他的脸上也露出了微笑。

另外一个场景接踵而至。

小雪生病了，她一直发高烧不醒，月寒也在，我们一直呆在小雪身边。小雪终于醒了过来，看到伏在床边的我们，她蹑手蹑脚下了床，把毯子盖在我们身上。我醒过来了，在虚拟现实里——我知道是虚拟现实，因为现实中的小雪还躺在病床上，不能言语，也不记得我们。我的眼泪流了出来，我跑到门外，对门外的夏至说，"我要留在这里！这里的小雪没有生病，她会说话！她记得我！"

"不，不可以！这些都是虚拟的！"夏至说，脸上满是焦急。

"虚拟的又如何，这些虚拟如此真实，和现实又有和区别？"我问夏至。

"虚拟的没有根基，说没就没了。"夏至说。

"现实生活不是一样如此吗？你们费马人撒一些病毒，我们人类瞬间就会毁灭。"我平静地说。夏至说不上话来了。

"可是，如果我们不回到现实，更多的人类就会被强硬派虚空。"谷雨开口说。

"我不是个有大爱的人。我只要我的小家好好的。"我面无表情。

"不，你错了！没有大家，你的小家怎么可能安好？人类之所以为人类，正是因为你们之间密切的协作和交流。只有被需要才会让人类一代一代繁衍下去。"夏至说，"看看我们钻蓝城吧！就是因为每个人都不需要别人，才会慢慢退化，甚至会有种族灭绝的危机。"

她这句话击中了我。

"好吧，那么，现在，我们该怎么办？怎么才能回到现实世界？"

我问。

"从何而来，从何而去。我们得从二次虚拟现实回到一次虚拟现实，再从虚拟到现实。"夏至说，"理论上，解铃还需系铃人。只有构造虚拟现实的人才能把虚拟现实解除。"

"所以只有冬至才能把我们解救出来。"杨川说，"也只有我们才能让他们回到一次虚拟的迷宫。"

"也许我们该和他们协商。这样我们都困在二次虚拟现实里不是出路。"夏至说。

我想到了撒旦的瓶子，这个瓶子里装的是魔鬼。放出来谁知道会发生什么？

"只能这样先试试了。"谷雨说。

夏至开始通过超级计算机和冬至对话，他们的天书我一点也不懂，只知道他们说话语速极快。

"五分钟以后，对消二次虚拟！"夏至停止了和冬至的对话后，转过身通知大家。

我马上跑进病房。"小雪，再见了！"我拥抱着小雪。

"爸爸，你去哪？请不要离开我！"小雪眼睛里含满了泪。我又一次拥抱了她，她的小脸那么可爱，她怎么可能是虚拟的呢？

"照顾好小雪。"我对月寒说，一狠心，转身离开了房间。我听见月寒在我背后喊我的名字，"雨辰！"她的声音里充满了担忧。

对消马上开始，医院，病房，小雪，月寒，所有的一切瞬间就消失了，我的眼前一片空白，我的头一阵阵眩晕，突然之间，我们进入了又一个长长的闪亮的隧道，和之前二次虚拟现实的场景如此类似，只是一切好像都反了过来。"这是哪里？冬至他们在二次虚拟现实里是不可能再次虚拟的啊！"谷雨大叫。"糟糕，一定是对消的时候他们用了反转虚拟。用二次虚拟解体时产生的那些能量反转了原来那个虚拟场景！"夏至说。

果然如此，我马上又看到了小雪。她的眼睛冷若冰霜。

"小雪！"我冲过去，"我陪你过隧道。"

她看都不看我，继续往前走。原来，爱的反面不是恨，而是冷漠。

我呆在那，看着她的背影，心如刀绞。

马上又是另一个场景了。小雪要去考试，我带着栗子蛋糕到了她的教室。她看都不看，就把蛋糕扔在地上，"今天怎么突然成了大好人了，你平常就想着怎么把我打发走。"我捡起地上的蛋糕，看着那个陌生的冷漠的小雪，难受的眼泪就要落下来。谷雨看着我，"你平常不是一个好爸爸吗？""对不起，我不是。"我有些难堪。

月寒也在那儿，她的脸上也是冰冷，"你平常都是想着你自己的事，什么时候想过小雪，想过我？就记着那个夏至，你以为我不知道吗？"

"对不起。"我模糊地从嘴里说出这几个字。她转过脸，不再理睬我。

我悲哀地转向夏至，"请让我赶紧离开这个冰冷的地方。"

夏至拍拍我的肩膀，"好。我也想早点离开。冬至他们现在正在一次虚拟的迷宫里，大概很快就会找到回画舫的途径。"

"为什么我们没有想到用镜像虚拟，把他们也困在二次虚拟里多好！"杨川说。

"我们轻敌了，把他们想得太简单了，没有想到他们会来这一手。"谷雨说。

"你们的虚拟现实是怎么实现的？"我问。

"技术非常复杂，简单来说，一是通过微电流刺激皮肤，二是在空气中传播一种化学合成物刺激神经，两者结合产生幻觉。而这一切都是通过意识，或者说α脑电波控制的。所以制造虚拟现实时需要特别放松，才能产生α脑电波。"夏至说。

突然，她像是鼓足了勇气说出来，"有一个办法。我们可以跳过二次虚拟，迅速回到现实。"她看了看我们，"如果我们在二次虚拟里死亡的话，我们不再呼吸空气中化学合成物，也不会对微电流有刺激。那样就会回到现实。"

"那么，怎么制造死亡？"我问。

"三次虚拟！"夏至开口了，"你可以再画一些死亡场景，要自然场景，狂风恶浪，火海悬崖，我们进入三次虚拟现实，马上会以各种方式死去。然后，直接在现实中醒来。"

"没有时间了。只能如此了。"杨川说。

"但是，我们需要一个人把我们推进三次虚拟现实。因为在二次虚拟中的我们能量越来越小。"夏至又低下了头。是的，这就意味着二次虚拟中留下的那个人会一直困在那出不来，怪不得她迟迟没有开口。

空气里一片沉默。我们面面相觑。

我甚至没有勇气主动提出来我做那个推动力，我太想回到现实，解救小雪了。

"要不我来吧。"谷雨开了口，他真个善良单纯的孩子。我心里突然万分惭愧，我的孩子比我勇敢，比我无私。

"不，谷雨是我们钻蓝城的希望，当然要走。夏至能力最强，又牵挂着谷雨，不能留。雨辰牵挂着小雪，也要回去，只有我无牵无挂，我留下做助推手。"杨川平静地说。

"不要！这太残忍了！"我大叫。

"你们地球人太感性。"杨川说，"我们费马人是最理性的。夏至，留下我的基因，回到钻蓝城之后把我再克隆一次。那就是我生命的延续。"

我吃惊地看着夏至，她有些难过，但是只是一瞬间，"抱歉了。"她对杨川说，然后她转向我，"开始吧，雨辰，画一些最简单的死亡场景。动作要快。我们要赶在冬至走出迷宫之前在现实的画舫里醒过来。"我迅速开始动工。与此同时，夏至身上的超级计算机把杨川全身扫描了一遍，并从他指尖取出一滴血。"你的基因都在我这里了。"夏至对杨川说。我画了一大片悬崖，鬼使神差的，我在那悬崖之巅画了一大片花海，那片我一直没有办法忘怀的花海，我记忆中雨崩的那个山坡上的花海。

一切就绪。

我们拥抱了杨川。最后一刻，他的眼泪流了下来。

"真的没有别的办法了吗？"我问夏至。她扬起了头，眼泪流了下来。原来，费马人也会哭。

我们一个一个拥抱了杨川。杨川把我们一个一个推进了死亡之门。

我的眼前闪着无数的星星，我的头有些眩晕，然后我看到了那一大片花海，谷雨走在最前面，我和夏至走在了后面。如火如荼的山菊花，比我记忆中雨崩的花更奇异，更硕大，更美艳，像是梵高画的向日葵，疯狂地生长着。山风吹过，撩起夏至的发梢。她的眼睛闪亮，她像是突然想起了什么，停在了那片花海里。她看着我，眼睛里是水一样的柔情。

"在离开死亡世界之前再吻我一次，好吗？"她的眼神里有一种渴望。我犹豫了一下，低下了头，捧起了她的脸，她闭上了眼睛，我轻轻地吻着她。她的眼泪居然流了下来，我有些吃惊，停了下来，"我以为，你们费马人是没有感情的。"

"我们也是有感情的，只是非常淡薄，当面临生死这样的大事时会情不自禁。何况，我已经不是一个纯粹的费马人了。"她轻声说，"这些年，我总是想起梅里雪山，想起雨崩的那些日子。"

我心里有一股热流涌过，我以为，这些年，只有我一个人记得梅里雪山的雨崩。我又一次低下了头。一种柔情在我们之间传递。我有些慌，这是爱吗？她很快推开了我，我们赶上了走在前面的谷雨。

"谷雨，知道吗？雨崩有一片和这非常相像的花海。"夏至对谷雨说，谷雨转头，回望身后那一片金灿灿的花海，"妈妈，真美，怪不得这些年你常和我说起那一片花海。"夏至脸上露出一丝笑意，一种我琢磨不透的笑。

我们三个并肩站到了悬崖之巅。我低头看了一下深不见底的悬崖，突然想起尼龙到雨崩的那条路，万丈悬崖之下是汹涌奔腾的怒江，而现在我看到的悬崖之下是大江大河还是绝情谷，是惨烈的死亡还是又一次重生？死，真的能够孕育出生吗？我的心里是一阵阵颤栗。

"爸爸，不要怕。向死而生。"谷雨握着我的手，他是一个好孩子，我何其幸运，我对他一笑。

"来吧，我们一起拥抱死亡吧。"夏至说。

"等等，有一个问题我一直不明白，为什么那次在杭州，你拒绝了我？"这么多年，我一直没想清楚这个问题。看着深不见底的悬崖，我突然很怕没有机会早搞清楚这个问题。

"死也要死得明白，是吗？"夏至笑了。

"我们第一次到地球到处物色最佳人选。我和你亲密接触的时候拿走了你所有信息。回到钻蓝城后，分析发现你最匹配。"夏至说。

原来如此，原来我不过是被挑中的那颗种子，一切都是预谋好的，我心里一阵阵凉意。可笑我刚才还以为她会有真情。我的嘴角露出一丝冷笑。

"如果我说我爱你，你会不会觉得是个笑话？"夏至看着我。

"这些都不重要了。来吧，我们一起拥抱死亡吧。"我并不看她，目无表情地看着前方，心如死灰。比起来，真正的死亡倒没那么可怕了。

夏至叹了口气，她一只手牵住了我，另一只手牵住了谷雨。然后我们三个手挽着手，一起向万丈悬崖纵身一跳！我闭上了双眼，我的耳边是呼啸的山风，我感到身体在迅速下坠，我不能呼吸，不能感觉。然而一瞬间，我的身体又在一片混沌中升起。然后，我们在画舫中醒了过来。

"太好了，冬至他们还没有出来。现在，我的很多功能都恢复了。"夏至说。

我们还没来得及说话，冬至出现在画舫里。

"她一个人出来了！"谷雨大叫。

冬至显然也是非常吃惊，然后，她看了一眼我们，对夏至说，"果然和我是同一个基因克隆出来的，想的办法都一样，也是用虚拟死亡之门的办法吧？少了一个。"

"是又如何。"夏至说，"没想到你的助手也会为你牺牲自己。"

"不是为我，是为了钴蓝城！夏至，你不要太天真了。我所做的一切都是为了费马人。而你却吃里扒外，帮助地球人！"

"不，帮助地球人就是帮助我们自己。欲速则不达。你们的办法不正确。"夏至说。

"什么是正确，什么是不正确？你还没有试过我们的办法怎知无效？"冬至说。

"你们这样等于屠杀，你知道吗？"夏至说。

"果然是被地球人带愚蠢了。我们费马人是最理性的。说吧，是不是因为你一直还牵挂着你的地球小情人。"冬至露出鄙夷的神色。"我知道这些年，你一直都无法忘怀。他画的你的裸体素描你一直带在身边，你以为我不知道？"

我看了一眼夏至，她的脸早已涨红。我心里像是有千万层翻滚的浓云，原来，她也是有真情的，在死亡之门里的索吻是她真情流露。这么多年，并不是只有我一个人在苦苦思念。

夏至还是一声不作。

"你这个钴蓝城的叛徒，你挑唆友善派，以你所谓的更理性的方法为理由。只有我知道，你是被地球人带坏了，说吧，你和他做爱之后，身体里就起了变化，就有了情感，是不是？"冬至继续高声说。

"是又如何？我再也不要过那种无牵无挂的生活。我牵挂着谷雨和他。"夏至突然一仰头，骄傲地说，"而你们的日子，不过是行尸走肉。"

"雨辰，还记得那首《天空之城》吗？我一直记得那首歌。"她对我嫣然一笑，"谢谢你让我知道原来世界上有一种叫爱的东西。"

　　"看我如何收拾你！"冬至的超级计算机在发亮。她像是在聚集所有的力量，她的眼睛发出一道清凛的寒光。

　　"谷雨，你先留下，帮助雨辰和地球人，你有所有病毒的解药。"夏至对着谷雨喊，"把冷冻的我和冬至送上我的红色苹果机，那是回钻蓝城的飞船。"

　　"不，不要，你和她在同一个飞船里太多凶险！"谷雨大叫！

　　夏至对着谷雨微笑，"听话，记住，谷雨，妈妈爱你！"

　　然后，她转向我，用我这一辈子见过的最深情的目光说，"雨辰，我爱你！"

　　天边突然出现两道"神光"，两道巨大的椭圆形光柱从云层背后射下来，尘埃在光柱里飞扬，庄严神秘，我被这个景象惊住了。我不由想起了画室里那道尘埃光柱和那条牵引我走向雨崩的水路。我的耳边像是响起了那首夏至最喜欢的《天空之城》：

　　"彩虹之上的幻城，像爱情的憧憬

　　　　谁的梦谁沉醉，谁在醒
　　　　谁笑，谁心痛
　　　　谁站在城外等着我，谁在城中等你
　　　　看天空之城的烟雨，淋湿的是别离

　　我看见尘埃中的夏至一挥手，然后，尘埃落定，夏至僵住了，冬至也僵住了。我跑过去，夏至站在那一动不动，但是她的眼角似乎还有莹莹的泪水，我一把抱住了她，"夏至，我爱你！"

谷雨动作迟缓地走过来，"妈　妈，我　爱　你。" 眼泪缓缓地从他的眼角流出来，一滴，两滴，慢镜头一样，慢慢地，慢慢地，流在他的脸颊上。

凤凰花又开

又到了凤凰花开的时候了，玉芬看着那满树红得似火的团团簇簇，心想，夏天又来了。

玉芬有时候回想那年的夏天，如果她没有选择去考中专，而是念高中，上个正经大学，现在大概就不在家乡的小城了吧。玉芬念初中的时候在重点中学的重点班，成绩都是前五名。但是她妈非要她去念中专，说可以早点出来工作，实在想念大学还可以带着工资再上嘛。玉芬是个没主意的人，就听了她妈妈的话，考上了当时热门的财会学校。毕了业就分回到家乡小城的财政局，做公务员，一直在小城呆着。玉芬的两个好朋友程程和春玲都上了高中，也都考上了大学。程程走得最远，大学毕业还出了国，去了美国。玉芬想想当时程程成绩也就比她好一点，现在差得这么远了，心里有时候不免叹气。但是命运又怎么能够假设呢。玉芬是个信命的人，她想，大概都是命吧。

前一阵春玲从苏州回老家，给她带了条低口无袖的紫红裙子。玉芬嫌露得太多，一直没穿。她今天生日，想想也没别的人给她庆祝，早上出门就大了胆子挑了这条裙子。这裙子裁剪好，穿上去露腰身，再加上她皮肤白，穿上去还真是有风致。林局长今天特意到她办公室跑了好几回。玉芬心里呸了几声，心想，男人没一个好东西。一说起男人，玉芬心里就发酸。

玉芬长得清秀，杏仁眼，天生的小锥子脸，当年在财校也算是一支花了。她和坚强是财校的同学，又是老乡，自然而然就走到了一起。玉芬记得校园里的那些日子，初恋的日子美得冒泡泡。坚强个头高，她站在他身边，特别小鸟依人。有一回他们一起坐公车去植物园玩，一路上坚强就成了话痨，没一刻歇。玉芬记得在植物园，坚强买了一听饮料，瓶盖打不开了。坚强要她等在那，"别动啊，我去换一听。"坚强不停歇地跑去，换了瓶饮料，又马不停蹄地跑回来，生怕玉芬久等。玉芬看他跑得直喘气，忙给他擦汗。她心里是高兴的，知道坚强是疼她的。到了后来，两个人也就跟过日子差不多，一起打饭，一起上课，就差在一起睡觉了。

玉芬和坚强毕业回到老家，玉芬进了财政局，坚强进了工商局。工作不久就顺理成章地结了婚，婚后没多久就生了女儿铃子。日子平淡，倒也顺顺当当。只是工作了好几年，坚强还一直是个小股长，回家就跟玉芬嘀咕，说论业务水平，我也不比哪个人差啊，怎么老提不上。玉芬就劝他是金子总会发光，不急嘛，再说我们又不缺吃的，不缺钱花，有啥啊。坚强总还是不喜。

那一年的夏天来得特别早，凤凰花刚开了花，天气就热起来了，连着好多天的闷热。玉芬觉得那柏油路的沥青都要熔掉了似的。这个夏天一开始就反常。后来玉芬回想起那个不寻常的夏天就只记得那要命的热了。

有一天玉芬回到家，看见坚强坐在沙发里，头埋在手里，什么也不说。玉芬一看铃子不在家，就问坚强："你不是去幼儿园接铃子了吗？"坚强头也不抬，说："我把她送奶奶家了。我和你说个事。"玉芬觉得不对劲，走过去。坚强忽然就把头埋在她身上，说："玉芬，我对不起你，我们离婚吧。"玉芬没缓过劲来，回说："你说什么？"坚强说："我们离婚吧，我做了对不起你的事。"玉芬惊得都说不出话来，她想想平日里两人有时候也拌嘴，但是感情也还好，不至于要闹离婚啊。坚强就跟她说，"我和张梅好了。她怀孕了。她家里人逼着我早点办了。"玉芬好像触了电一样，一屁股坐在沙发上，接着是一阵阵的揪心疼，心想老天爷你搞错了吧，怎么会是坚强，怎么会是我？玉芬知道那个张梅，市工商总局张局长的女儿，瘦得像个麻杆。玉芬想哭却怎么也哭不出来。坚强好像是狠了心，把他们什么时候开始的，怎么接触的，大小的细节都告诉了玉芬。玉芬想自己还真是个笨的，这都好了快一年了，她居然一点都不知道。她从来就没想到过坚强会做这种事，而且是和张局长的女儿。要是张梅没个好爸爸，坚强会和她好吗？

玉芬看着身边的这个人，她忽然觉得他好陌生。结婚五年，这还不到七年之痒呢。她身上一阵阵发冷战，一个劲地问自己我该怎么办，我该怎么办。她再细想想，坚强这些月来总说要晚上加班，赶报表，有几次好晚才回来。玉芬是个心性单纯的人，从来都不会往那儿想。她有几次接了电话，也没人说话，她挂了，心里只是纳闷。现在回想大概是那女的给他打电话，听到是她的声音就不作声了。玉芬痴坐在那，问坚强："没有救了吗？"坚强只是沉默。玉芬到底还是忍不住了，哭了起来。就这么饭也没吃，哭了一整晚上。玉芬连着好些个晚上，整夜整夜地睡不着。那种前路茫茫，突然没有安全感带来的恐惧，她这一辈子都忘不了。

坚强终于还是和她离了。孩子给玉芬。玉芬都不记得那个夏天是怎么熬过来的，她只记得凤凰花开败的时候，她也蔫了。她想原来不是所有的凤凰都会涅磐，有些凤凰，经了风雨，是会变成麻雀的。她觉得自己现在就是一只麻雀，灰头灰脑的。她跟很多同城的朋友都断了联系，她是个好强的人，她实在不愿意看见他们或打探或好奇的目光——大概也有几分同情吧。玉芬不要这些，她躲着他们，就跟春玲和程程有联系。玉芬想亏得有这两个发小，经常给她电话，让她有地方诉苦，陪她一起疗伤。唉，到头来还是女人靠得住。她有时候想，如果张梅不是怀孕的话，坚强是不是就不会和她离了呢？她后来看到一本写张爱玲的书，张爱玲那时总觉得胡兰成不来看她是因为天下雨，后来才意识到自己多么荒谬，多么的自欺欺人。玉芬想，原来普天下的女人都是一样傻。普天下的男人都是一样无情。

慢慢的就有人给介绍对象，玉芬一点心情都没有，勉强地去了几回，都是意兴阑珊，对方也就不再约她。这样子过了几年，玉芬也有三十岁了，她爸爸妈妈也急了，就催她认真地考虑一下，总不能一个人过一辈子吧。年纪大了，又有个拖油瓶，再等下去更不好找。玉芬心里烦，心想，父母说是为了孩子幸福，其实就图完成任务。至于结了婚，幸不幸福，他们就不管了。那天走在路上，不知怎么又碰到了于超。于超是一年前她的一个同事小王介绍的，也是离了婚，也带着个孩子，也是个公务员。于超稍稍地又问了一下她的情况，就挥手再见。玉芬也没细想，过了几天，小王给她打电话，说那个于超一直都没忘记她，想再约她出去。玉芬原来对于超印象也不坏，再加上父母这边催得厉害，就答应和于超见面。这一来二去的，两个人没多久就去开了房。玉芬想想，自己也还是要个男人啊，再加上于超追得紧，玉芬心想就这样了吧，虽然她对于超也说不上特别喜欢。

离了婚以后，玉芬和铃子一直住在娘家。不久于超单位分了套大房子，玉芬把自己的衣物琐碎拿过来，两个人就算是开始一起搭伙过日子了。玉芬只没想到铃子不愿意搬过来，她要住在外婆家。玉芬没料到这么小的孩子居然这么犟，她劝了好几回，都要动手打她了，铃子还是不肯。她妈妈心疼外孙女，说你就把她放在这，反正住得近，等过一阵再说吧。玉芬也只得作罢。

玉芬没想到更头疼的在后头，于超家的那个儿子端端更难搞定。

他明显地对玉芬就有敌意，总是当着她的面问于超为什么要和他妈妈离婚。见了玉芬总是低着头，也不打招呼。有一次玉芬给他盛了一碗饭，里面夹了几个香芋，他说他从来不吃香芋，顺手就把饭菜倒在垃圾桶里，玉芬心里凉了半截。于超一挥手就给了端端一巴掌，这一下更是惹怒了端端，一下子就站起来，饭也不吃了，就冲了出去。那天晚上端端就待在他妈妈家，也不回来。玉芬想，原来他们在一起是四个人的事了，不只是他们两个人的事。

和孩子这是个事，最糟糕的是于超是个爱打牌的人，经常晚上就去和他的几个狐朋狗友打麻将，他又没有自制力，经常一输就上千。玉芬才意识到，他前妻跟他离婚可能就是这个原因吧。她直后悔自己那时候没搞清楚，赌徒怎么能长久地过日子呢。更让人头疼的是于超晚上周末出去打麻将，就要玉芬管着端端，要她做饭，督促他写作业，玉芬想她这算什么事，自己的亲女儿不管，在这给他做老妈子？但是女人是个奇怪的动物，一旦和男人有了身体上的纠缠，就很难放下了。玉芬又是个心软的人，纠结了好久，总是狠不下心跟于超分手。于超呢，其实对玉芬还是真心好的，对玉芬也舍得花钱花工夫。有一回，玉芬和他到一个地方玩，看中了一件风衣，那天不知怎么没买，回到家念叨了好几回。于超到了周末也不打牌了，特意坐了两个小时的车去把风衣买回来。玉芬心里是真感动。

这样子大家磕磕绊绊地过了两年，玉芬终于还是泄气了，那个端端把她整得没脾气，铃子又总不肯搬过来。到了晚上于超出去打牌，她一个人枯坐在灯下，觉得这样的日子真没法过了。所幸也还没扯结婚证，倒是省了去民政局。有一天于超在外面打牌，玉芬把所有的家当搬回娘家，给于超留了封早就写好的信，算是和他一刀两断了。玉芬一个人走在路上，心里空落落的，看着那路边开得红彤彤的凤凰树，只觉得自己心里也在滴血。对一个女人而言，每一次感情都是一个烙印，时间能把那烙印的颜色冲淡，却是永远都冲不走那烙印了。

　　过了不久，玉芬单位财政局开始集资建房，玉芬集了一套房子，自己带着铃子从娘家搬到那儿住了。玉芬在财政局也干了这么多年了，她业务能力强，很多算账、审计的脑力活都是她在做，可是一直都升不上去。玉芬知道自己是女的，又没有后台，心里叹气。林局长是局里的一把手，他今天到玉芬办公室好几回，头一回是催她出个报表，他看见她坐在那儿，新穿的连衣裙开口低，若有若无地露出了几分春色，小锥子脸埋在她一头亚麻色的卷发下，便心里痒痒的，又跑过来几回，这回是有意无意提到局里要提升科长的事，顺带着夸她："玉芬今天穿这么漂亮啊。"玉芬也有意无意地说，"嗯，我今天生日。""哎哟，那我要请你吃饭了。"

　　玉芬心里是个明白人，她也知道林局长一直偷窥着她。她心里也知道现在这些潜规则，但她清高，一直都装糊涂，只是这两次升科长都没摊上她，她心里着实生气。她和于超分手也有快一年了，很多个晚上一个人也真的是寂寞难耐。今天也不知是哪根筋搭错了，她顺口就接上了："好啊，林局长这么给面子"。

　　玉芬那天晚上喝了不少酒，她大概就是想趁着酒劲把自己灌糊涂。那天是周末，玉芬把铃子打发去了外婆家，林局长扶着她进她房间的时候，她心里也还是清醒的，只是她突然就恨这周遭的一切，她恨命运老是跟她开玩笑。她要把她心里的苦水发泄出来。她觉得自己就像一棵野草，一棵荒野里的野草，一棵好多年都没有滋润过的野草。她倒是没让林局长过夜，她觉得在一起过夜得是她真正喜欢的人，他们这样的算什么。

　　玉芬听到院子里的风言风语的时候，脸上也不是没红过，她想，自己怎么就成了自己讨厌的那种人呢。她那时候那么瞧不起坚强，自己原来也没有强多少。她又想自己但凡有个家，有个男人，也不至走到这一步，不会这么作践自己。可是命运弄人，她觉得自己就像没根的浮萍，到底还是没守住，到底还是随波逐流。

　　又过了半年，林局长没有食言，真的把她提成科长了。得到通知那天她一个人跑到老城墙那，坐在河边哭了。她呆呆地看着那静静的河水，还是那么一如既往的安静地流淌着。她想起小时候有一次和爸爸、妹妹去这河里游泳，先要淌过一段河水，走到河中心的绿洲再游。那天游完泳，天麻麻黑了，爸爸一手拉着她，一手拉着小妹往岸上走。没承想，那一阵有人在挖河沙，有个大沙洞，他们三个一下子就踩空了。玉芬听到爸爸叫救命的时候，河水已经没过了他们的头，玉芬在那一刻想的就是，完了，我要死了。但是冥冥中好像有一股力量，又把他们从漩涡了推出来，把他们推到岸边。玉芬回想着这一段，忽然一下就想通了，那个官衔有那么重要吗？有什么比命更重要吗？都是死过一次的人了，还有什么好怕的呢。玉芬觉得心里澄明多了，她想，她再也不要过这样的日子了。

　　林局长再来找玉芬的时候，玉芬就明明白白地拒绝了。林局长恼火得很；"这才刚升上去呢，以后求我的事多了。"玉芬也不搭理他。心想，最多不过把她这科长又撤了吧。好在林局长也不是顶恶心的人，到底也没有撤她的科长，玉芬也不指望以后怎么着了，这没怎么给她穿小鞋就算不错了。这事过了以后，玉芬倒是开始大大方方地找人给她介绍对象了。她也认认真真地相了不少亲，不过总也没对上眼，不是人家嫌她有孩子，就是她没看上人家。后来是表妹王玲跟她说有个人是她以前楼下的邻居，复员军人，样子长得好，人也特别得好，老婆得了尿毒症，他把房子卖了给她治病，还是没留住。他现在一个人也快两年了，就是比你大不少，要大个九岁呢，你感兴趣吗？玉芬本来听说大九岁，有点犹豫，但一听他为了给老婆治病把房子也卖了，觉得是个有情义的人，就答应见见。

　　玉芬第一次和家良见面就觉得对上眼了。玉芬记得是九月底，快到国庆节了，他们约在她家附近街心公园拐角的一家叫百味居的小饭店吃饭。那家店子旁边有一株好大的凤凰树，秋天的阳光透过凤凰树羽状的叶子，碎金子一般地洒了一桌子。小店里的收音机里特别应景地放着陈楚生的那首《凤凰花又开》：

> 暖暖的海风轻轻地吹来
> 凤凰花又盛开
> 远远地浮起一片片红云
> 我的梦做了起来

那个下午的美好时光就和着那恬淡纯净的歌声，一起刻在了玉芬的心里。家良中等个子，偏瘦，轮廓分明的脸。玉芬觉得他看上去比他年龄小。家良显然也喜欢玉芬的小模样。家良后来说她的眼睛闪闪烁烁的。玉芬心想那是她没有自信啊，都不敢跟他正视。两个人从中午吃饭一直聊到下午快5点，玉芬要去接铃子了，才不得不分开。玉芬心里高兴，她觉得心里有一种久违的爱情的滋味。玉芬喜欢那种一见如故的感觉，喜欢和他说话，她想，大概所有的爱情都是从话语合开始的吧。

两个人就开始经常约着见了。玉芬觉得家良身上有一种本事，就能让她自然而然地和他亲近熟悉起来，一点也没有陌生的感觉。家良总是叫她小丫头，虽然她知道自己也不年轻了，但是她心里喜欢他这样叫她。她觉得和他睡觉好像是自然而然的事。两个人第一次好的时候，玉芬还很拘谨，家良也不急，慢慢地配合她。到了后来，玉芬就觉得自己心里总是不可抑制地冲动想要。自己的大胆和热烈把她吓了一跳，以前好似都没有这么强烈。家良笑说她是他的野蛮女友。玉芬问："你喜欢什么型的，温柔型的还是野蛮型的？"家良说："床上野蛮，床下温柔。"玉芬不由得笑了，她想自己平日里外人看着可不是温柔型的嘛。两个人好了之后就开始聊天。家良以前是个铁道兵，她喜欢听他讲以前在内蒙古当兵的一些好玩的事情，讲蒙古包和马头琴。在黑夜里，她看着熟睡的他，看着他挺直的鼻梁，心里是欢喜的，她想，老天总算是对她开眼了，这样的时光真好。她不由紧紧地抱住家良，好像这一切就会像烟花一样，稍纵即逝。

玉芬后来回想是不是那一段时光太美了，以至于后来的心疼就对比特别鲜明。玉芬记得那天是星期五，她早上给家良发QQ短信，想约他一起吃饭，家良到晚上都没回，玉芬想，这可不是他。她平常给他的短信他都是第一时间回。他平日里和她在QQ上聊天，总是他敲最后一句话。那几天正是年前，铃子还在学校补课，玉芬去给她送中饭，车子堵在桥上动不了，平日里这里都不堵的，大概是过年，大家都回老家过年了，这样的小城倒堵上了。玉芬堵在那车流里，每5分钟就刷一次屏，想看看家良有没有回她的话。然而却是一次又一次的失望。玉芬就给他打电话，总老也不接。玉芬想去他家里找他，才意识到她都不知道他住在哪，原来现代人的联系是这么脆弱。玉芬是个没自信的人，她想家良是不是喜欢上别人了，又想他是不是知道她和林局长那些事了。她又担心他真的有事，左思右想，心里那个难受啊。

还好到了星期一家良回了她的QQ，约她第二天吃中饭。玉芬后来想如果她知道那是她和家良最后一次见面，她一定会精心打扮一番，去做个头发，　穿件裙子。家良总说她的腿又细又好看。玉芬赶到街心公园的那家百味居的时候，家良已经点了一桌子的菜，等在那了。家良那天神情特别的沉重，看起来也特别憔悴。玉芬跟他说的第一句话就是："你再不理我，我就要崩溃了。"家良也不接她的话，只是很平静地跟她说我们还是分开吧。玉芬好似得了当头一棒，心就一个劲地下坠，好像很多年前坚强跟她说要离婚。她心想为什么，为什么又是我啊。人世百味，怎么给我的都是苦的啊。

玉芬屏住气，问："为什么啊？"家良沉吟了半响，说他妈妈中风瘫痪了，他得回四川老家照顾她。玉芬从来没听他提起过他妈妈，但一想，她也从来没问过啊。

玉芬说："那也不至于要分开啊。"

家良说："我准备长期抗战，一去要多少年我也不知道。我不想耽误你。"

玉芬默默地问："你家里没有别的人可以照顾她？"

家良说："我是家里独子，农村里的规矩都是儿子管这个，何况我妹妹家里孩子多，我孩子大了，就该是我管。"

玉芬又问："接到这边总可以吧。"

"她乡下老太太住不惯。更何况她就怕死在他乡。她不肯的。"

玉芬狠狠心说："那我辞了工作跟你走总行吧。"

家良说："我老家乡下，你去了也找不到工作，再说你还有铃子要照顾呢。"

玉芬一想起铃子就说不出话来了。她心想家良可真狠心，半赌气半认真的说，"那我等你，你不回来，我也不找。"

家良说："那又何必呢，我们在一起还不到半年，感情还没建立深厚，现在抽身是最好的了。省得将来痛苦。"

玉芬开始抽噎，说："你怎么知道不深厚，感情一定要和时间成正比吗？"

家良愣了一下，说："我知道你是个好姑娘，我不想耽误你。"

玉芬那晚上哭了好久，家良陪着她，话语却是坚定得很，就是要分手。玉芬看看时候不早了，要去接铃子了，心想下次再和他说，家良就把一个包裹给他，说里面是他给铃子买的新年礼物，整套的《哈利波特》。他然后把她紧紧地抱在怀里，跟她说："你好好的，小丫头。"玉芬再想不到那是他跟她说的最后一句话。

玉芬第二天就发现家良的电话号码不通了，QQ号也消了。他好像忽然就从人间蒸发了似的。玉芬一下子就懵了，她想，这么狗血的剧情怎么会在她的生活中发生？？她打电话问表妹王玲，王玲更是什么也不知道。玉芬说你们不是邻居吗？王玲说那是好几年前的事了，他卖了房子搬到新地方也只告诉她电话。玉芬傻了，她觉得一切就像一场梦一样。玉芬想起铃子学古筝有一首歌叫"花非花，雾非雾，夜半来，天明去，来如春梦无多时，去似朝云无觅处。"心里不由得悲从中起。那个年自然是过不好的，玉芬每天就跟傻了似的，神情恍惚，呆在家里，有时候想起来就哭。正月里初中同学聚会，玉芬也不去，原来就不想去掺和，现在家良这事更是弄得她憔悴，哪有心思去。春玲和程程碰巧都回老家过年，她们三个发小倒是聚了一次。程程嫁了个老美，生了一对混血，小卷毛，大眼睛，好看得不得了。春玲也在苏州发展得不错，结了婚，生了崽，买了房子和车子。对照之下，玉芬更是觉得自己凄惨。她心里倒是也不嫉妒她们，她只是叹息，"人啊，都有一个命啊。"春玲和程程都安慰玉芬，玉芬心里感激，但是知道，这个坎还是得自己走过去。

冬去春来夏又至。都说时间是最好的良药，可以抹平一切的创伤，玉芬觉得其实并不是抹平了，而是把伤痕包裹起来了，日子久了，一层一层，碰着也不觉得疼了。

开始那些天，她每天习惯性地不停地去看手机，看看有没有QQ短信。每天早上，她第一件事就是看手机，只因为家良以前会给她发早晨好的图片，她每天晚上都开着手机，期盼着每一个电话，哪怕是说个喂也好啊。电话自然不是家良的，她于是颇懊恼那打电话来的人。这样子一天又一天，一周又一周，一月又一月，到了凤凰花开的时候，她终于接受了这个事实，就是家良再不会来找她了。她心里恨家良，恨他这么绝情，这么狠心。她恨他在爱情最美好的时候把它无情地撕碎，一切仿佛都是戛然而止。玉芬想家良这次留的伤比坚强留下的伤还要深。她也奇怪和家良在一起时间也不长，怎么就这么浓呢。她觉得和坚强是这辈子碰上的，和家良倒像是上辈子碰上的，可是怎么两个人又走散了呢，不是说好要做一辈子的亲人吗？

日子就这么也无风雨也无晴地过着，玉芬就一个人带着铃子过，别人介绍她都推了，她觉得男人真是伤透了她的心。潜意识里，她心里还是没有完全放下家良，她总觉得和家良的事还没有彻底完结，她也知道家良是再也不会回来了，但是她觉得家良欠她一个说法。

到了第二年的夏天，玉芬终于等到了这个说法。

那一天玉芬吃过晚饭，一个人走到街心公园散步，坐在百味居旁边的那棵凤凰树下，饭店的收音机传来那首熟悉的《凤凰花又开》：

　　暖暖的海风轻轻地吹来
　　凤凰花又盛开
　　我知道不久我就要离开
　　潇洒地去了又来"

玉芬叹气，她打开微信，翻了翻微信朋友圈——大家现在都不用QQ了。不过是几个无聊的心灵鸡汤和大家日常生活事无巨细的汇报。她又查了查邮件，有一个邮件来自罗心平。"罗心平？"家良姓罗，玉芬记得家良有时候提起他儿子平平。她忙忙地打开那个邮件，很短的几句话。

玉芬阿姨：

我是罗家良的儿子罗心平。我爸爸两个月前去世了。他嘱咐我把这封信发给你。

祝好。

心平敬上

玉芬心里砰砰地跳得厉害，她慌慌地打开那个附件。

丫头：

你收到这封信的时候，我已经不在人世了。原谅我骗了你，说我要去照顾我母亲。我母亲其实七年前就去世了，我父亲好多年前也去世了。我也不想这么做，可是我更不想连累你。

你还得去年我们最后一次见面之前，我一度消失了几天，那几天是我生命中最黑暗最难过的日子。那个黑色的星期五，我被查出恶性脑瘤，要我周一去复查。那几天，我反复在想该怎么安排自己的事，我知道你是个心善的好姑娘，可我不要拖累你，再说你还有铃子要照顾，咱们这个小地方医疗条件也不好。我左思右想，就是回四川老家，我妹妹在成都，大城市，医疗条件好，这样的手术复杂，有可能都醒不过来。接下来的周一我做了核磁共振，确诊了以后，心中就下了决心这么安排，我知道你不会同意的，所以从开头就骗了你。

　　对不起，原谅我不辞而别，我的时间紧，都没有陪你过年，也没有陪你过情人节。回到成都，治疗方案就定下来了。最短的时间内动手术，之后马上放疗，再化疗。我的手术开始说是6个小时，可是最后做了10个小时，我醒过来后第一想到是你和我儿子，这个世界上我最亲的两个亲人了。放疗和化疗是受苦的事，我就不说了。我中间稍微好了一段时间，我好想去找你啊，后来我想，又何苦去打搅你平静的生活呢，你大概都忘了我吧。等我完完全全好透了，我再来找你。可是我运气不好，今年年初又复发了。命哪！

　　我不是个文化人，也不知道怎么说。我就觉得和你在一起的那五个月是我最甜蜜最快乐的日子，每天都有说不完的话。谢谢老天让我遇到你，和你有过这么美好的一段情，你是个乖巧、善良的好姑娘，我也不知道为啥到了你面前就有那么多话说。可惜我这辈子不能陪你说话了。我就要走了，一想到我死了，你会流泪，我也就心满意足了。如果有来生，我会来找你说话的。你要好好的，小丫头。

兄家良

2014年4月22日

　　玉芬身上一阵阵地发麻，心里头又震撼又像是针刺一般地疼，她抬起头，看到满眼红艳艳的凤凰花。她想忍住泪水，到底还是没忍住，眼泪顺着眼角就一串串地流下来了。

后记：

玉芬是半年之后去的家良老家。她坐高铁去的成都，心平在火车站接的她，人群中，她一眼就认出了心平。他实在长得和家良太像了。只是个头高不少。玉芬看着他，很有些恍惚。他开车带玉芬去了峨嵋山，家良的老家。他带她去家良的墓地，他们爬了好一阵才到那片墓地，一路上野草丛生，路也泥泞。墓地是在一个高山上，风景好得很，前面是旷野，能看到山下依稀的村落和漫山遍野一片片金灿灿的油菜花。家良和他妻子的墓并排着，家良的墓碑后面很简单，就写着："罗家良，生于1968年3月24号，卒于2015年4月25号。"

玉芬站在家良的墓前，忽然听见一声鸟叫，就在不远处的草丛里面。玉芬以前听外公说过，死去的人要是挂着你，会临时依附在小动物的身上来和你打个招呼的。玉芬对着家良的墓碑兀自说："家良你是来找我说话了吧。可惜我们只说了五个月的话。我们下辈子一定要说个够。"玉芬一边说着，一行清泪就流了下来。

距 离

　　玉沁在谷歌地图上敲下两个地址，起点：洛杉矶，终点：西雅图。一共是1100英里。玉沁抽了一小口凉气，单程就要开十八个小时，相当于广州到北京的距离。

　　前几天云飞问她春假准备去哪玩的时候，她也没细想。玉沁是个随性的人，做事总是没有计划，出去玩总是最后一分钟才安排，这次也是如此。"要不我们去西雅图？"玉沁试着问云飞。"西雅图？要开好几天呢。这么晚了买机票太不划算。""我查了，单程十八个小时，两天能开到。"她见云飞不作声，又加了一句，"我问了朋友，可以白天玩，晚上开车，这样九天来回没问题。""好吧，我知道你心里想什么。"云飞叹了口气。玉沁不作声，算是承认了。

　　出发前一天，公司的事特别多，玉沁晚上9点才把公司的事忙完。匆匆打包，把衣服收起来。快12点了她才去priceline把明天住的旅馆订下来。第二天又起了个大早，装车，把两个孩子弄好，已经是9点了。车子出了洛杉矶城，进了山，玉沁开口了："我问一下陈林吧，看能不能联系上文怡。主要是让孩子们见个面。"云飞在开车，看了一眼玉沁："你真的要见她？""就是想让孩子们见个面。""好吧，孩子们也该见见。"云飞不再说什么。

玉沁给陈林发了个微信，"我们在去西雅图的路上，你有文怡的联系方式吗？"微信那头是反常的沉默，过了许久陈林才回信，"你真的要见她？"和云飞问的一模一样。"是。"玉沁回了一个字。在陈林面前，她都懒得掩饰，她的确是想让孩子们见见，但是她最想的是去看看她，那个八年前一手毁了她的婚姻和家庭的人现在是什么样子。八年里，她无数次想象着两个人再见面的情景。她会劈手给她一巴掌吗？她会和她一笑泯恩仇吗？她们能平静地面对吗？为什么要去见她呢？她又想起出发前给大学闺蜜李莉发微信说要去见文怡，"你疯了吗？要是我，只盼这一世都不见呢！"玉沁没有回话。李莉又发了个信息，"好吧，大概也就是你会这么做。真是个疯子。"玉沁回了个笑脸。她想她大概就是别人说的二吧。

往事不堪回首。八年了，人生有多少个八年呢？八年前，玉沁还在科罗拉多的丹佛，那个城市美得让人心醉，都说到美国的第一个城市容易给人第二家乡的感觉，玉沁觉得丹佛就给她家的感觉，她觉得丹佛市中心那条河就跟她家乡的小河一样旖旎，也都是从市中心流过，小桥流水的，让她想起江南的春天。她上班的地方离河很近，有时候中午吃了饭，她会走到河边，就坐在那，听河水流动的声音。而每次开车在287上，看城市的轮廓和背后的雪山连成一片，那种人和自然交错的情景总让她轻叹。

陈林和玉沁是大学同学，班上的金童玉女。毕业后都拿了美国大学的奖学金。陈林去了东海岸的一个名校，玉沁去了科罗拉多大学丹佛分校。两个人分开了两年，好在两个人前后脚都在丹佛找好了工作，然后是顺理成章的结婚，生子，日子过得平静顺当，让人羡慕，以致后来那瞬间降临的暴风骤雨差点一下子就把玉沁压垮了。

　　玉沁清楚地记得那是一个周三的下午，她还在公司上班，接到了一个电话，一个陌生男人的声音，"是玉沁吗？"玉沁一向对声音敏感，隔着电话线，她觉得这个男人不同寻常，语音出奇的平静，他的声音其实还好听，南方口音，还带着点磁性。玉沁回说："是，你有什么事？""我只是想告诉你，你老公有外遇了。如果你不想他的裸照传到网上，就先准备好十万美金。"电话就啪地一声挂了，玉沁震惊，心里像是有个开水瓶子炸了，又惊又慌又乱又痛，她马上拨电话给陈林，但是没人接。想想也快到下班的点了，玉沁马上回家，家里的住家阿姨见玉沁回来早，有点诧异。两岁的婷婷看到妈妈，倒是高兴得很，马上跑过来，要玉沁陪她搭积木。玉沁哪有心思做这个，只一边敷衍着，一边看着门。陈林终于回来了，耷拉着个脸，垂头丧气的，玉沁一看他这样子，心里凉了半截。到底还是知识分子，要面子，两个人在饭桌上都心照不宣地一句话也不说。那顿饭，玉沁根本吃不下。大家吃完饭，玉沁说："张阿姨，要不你带着婷婷出去玩，我们来收拾吧。"张阿姨也不问，只说好。

　　屋子里只剩下两个人的时候，陈林开口说的第一句话是"对不起"。玉沁心一痛，说："那么是真的了，那个女人是谁？"陈林犹豫了很久，说："是文怡。"玉沁想起去年陈林公司的新年晚会上，那个叫文怡的女人穿着绿色的短裙子，长发披肩，远远地看着她，玉沁被她目光中的那种冷激灵了一下。玉沁是个很随和的人，一般的人都是很快就能混熟，但是看见她，觉得有一种无论如何也无法逾越的距离。那天晚会玉沁忍不住朝文怡那看了好几眼。有一次，玉沁吓了一大跳，文怡旁边站了个男人很有几分像陈林，两个人看起来关系不同寻常。那个男人留着一头长头发，不苟言笑，在一堆中规中矩的老中工程师里显得特别打眼。如果不是那个男人留着长头发，玉沁一定以为是陈林跑过去献殷勤了。玉沁看看坐在自己旁边的陈林，再看看那个男的，觉得两人的确有几分像，尤其是鼻子。玉沁问陈林，"他们两个是一对吗？"陈林看了一眼，只说不知。

　　陈林这下一说是文怡，玉沁就很绝望，她知道自己遇到对手了。还是两年前，陈林回家说公司总算来了个美女，叫文怡。玉沁还打趣说，"这回你有了新目标了？"一语成谶！玉沁自那以后，说话小心，这个世界太诡秘，你说什么，老天都给你记着呢。"那她怀孕了吗？"玉沁慌慌地问。　陈林头低了下去："三个月了。""有人给我打电话，要你出十万美金你知道吗？""知道。她是逼我呢。"玉沁突然一软，那种坠入深渊的感觉是她从未有过，却想忘也忘不掉的。

　　车子还在5号公路上飞驰，玉沁出神地看着窗外，到了波特兰了，路两边一下子就变得葱郁，"看，火车。"云飞对后排的两个孩子说。孩子们兴奋地叫了起来。玉沁看着云飞，心里有一丝暖。

　　那天之后陈林很快就搬出去住了。两个人离婚折腾了好一阵，主要是为孩子的监护权。那一阵，玉沁不仅人掉进了深渊，灵魂也掉了进去，如果不是因为云飞，她不知道还要在那深渊里挣扎多久。她觉得云飞就是上帝派来拯救她的天使。云飞是她小时候一个大院的邻居，比她大三岁。她记得小时候院子里孩子们玩捉迷藏的游戏，云飞总爱来找她。她也记得有一次她坐在他自行车的后座，他们一起唱"让我们荡起双桨"。　有一次云飞的妈妈开玩笑问她要不要做她家的媳妇儿，玉沁涨红了脸不说话。玉沁觉得自己是喜欢他的，他也是这样吧。以前每年他上大学回家过年，会到她家拜年。后来他家搬到了新地方，大人之间的交往少了，他还是照来不误。但是后来她上了大学，就遇见了陈林。她喜欢陈林高高大大的样子，喜欢他满脸孩子一样的笑和顽皮的神情。云飞的影子淡了，不过他们一直都有email联系。每年玉沁过生日，总能收到云飞的生日祝福，有时候就是很简单的一句生日快乐。

　　玉沁其实一直都没跟他说起过自己离婚的事，是玉沁妈妈凑巧碰上云飞的妈妈，多年的老邻居，路上碰上了，聊起来，玉沁妈妈只是抹眼泪，说玉沁看走眼了，嫁了个负心汉。玉沁很快就收到了云飞的email。他的email不是来安慰她的，而是给她看他的作品，他喜欢摄影，自己开了博客，作品放在那。她觉得这样好，免得尴尬。她慢慢变得很期待他的email。听他说说他的摄影和他周围的一些有趣的人和有趣的事。他在洛杉矶，刚刚结束一段马拉松的恋情。那些email，在她最痛的时候，给了她慰籍。后来就变成了电话聊天。二个人一拿起话筒就有话说。玉沁想，老天待她不薄，在她最难的时候，派他来陪她疗伤。

　　离婚后的一个星期五中午，玉沁接到前台一个电话，说大厅有人找她。她下楼一眼就看见了云飞。自从玉沁出国以后，他们已经有六年多没见过了吧。他站在那，冲她笑，她也笑了，她很想给他一个大大的拥抱，但是当着周围那么多人的面，她到底还是不好意思。她看着他，如同看见小时候那个一起唱歌的少年，那个一起捉迷藏的少年，他还是那样安静。安静得让她一点也没有觉到时光的流逝。"你没有变。"玉沁说。"你变了，变得更美了。"云飞说。玉沁笑了。玉沁觉得时光怎么会这么奇妙，这么多年，居然没有给他们一丝的距离感。他们之间原来从来就没有距离，只不过是被命运放在两条平行道上，然后，现在又无缝对接。

　　云飞说是公司派他到丹佛出差。两个人结婚以后，玉沁还问他到底是公差还是私差。云飞只是笑，却不给个答案。那个周末，云飞和玉沁带着小婷婷去市中心的河边划船。河水清澈，能看见河底的小乌龟在游，那天微风习习，把岸边的花香都吹了过来。云飞划，玉沁带着婷婷坐在另一头。　云飞说，"这样的时光真好。"玉沁也是在想这样的时光真好。她体会着那久违了的温馨和踏实感，心里有万般滋味。

玉沁和云飞远距离正式谈了快一年了，云飞并无提结婚的事，但是玉沁知道他的心思，他一直在耐心地等她。有一天，陈林忽然来了，他颓废了很多，玉沁看着他，心里有一丝疼，都说过去了就过去了，可是又有什么是可以真正过去的呢？两个人带婷婷去社区的公园玩，天气蓝得纯粹。"我们还可以重新开始吗？"陈林突然说了一句，玉沁吓了一跳，她想问问他和文怡怎么了，但是她没有，她看着玩耍的婷婷，心里很难过，但是，她马上想到了云飞，她看着陈林说，"对不起，我要结婚了，祝福我吧。"

玉沁的公司在洛杉矶也有分部，玉沁和云飞结了婚以后在公司内部调动，去了洛杉矶分部。三年后，生了儿子元元，一儿一女，凑了个好字。他们一家四口有时候出去玩，有人说婷婷像爸爸，玉沁只是笑笑。陈林一年会来洛杉矶一次，带着婷婷去玩几天。玉沁想，如果不是有共同的孩子，她这一辈子也不会和陈林联系了吧。她也知道了他和文怡最终还是没有结婚，只听说文怡是带着女儿薇薇搬到了西雅图。玉沁不知道他们最后为什么没有在一起，她也不想知道。她只是觉得文怡不是个好伺候的主。她暗自高兴他们最终没有在一起，她说不好这是什么心理。陈林最终还是又找了一个结了婚，又生了个女儿。玉沁想，他这一辈子就被女人纠缠住了，又想他这一摊一摊的，可真够折腾人的。

玉沁回想着这一切，再回头看看微信，陈林终于把文怡的电话号码给她了。她不敢给文怡打电话，只发了个短信。"我是玉沁，我们到西雅图玩，可以见见薇薇吗？"玉沁不敢确定她会不会想见她。文怡倒是回了信，不冷不热："可以。但是我们周三去加拿大玩，我们可以周二见一面。"

文怡给了个地址，说是在湖边。玉沁准备下午去Mount Rainer玩了回来以后就直奔那个地方。回西雅图的路上，玉沁决定跟婷婷好好说说，这么多年，她其实也没怎么说起薇薇。

"婷婷，你有一个 half sister薇薇，你知道吗？我们待会要去见她。"

"half sister？就是同一个爸爸或者妈妈？"

"是这样，就是你爸爸和另一个阿姨生的孩子。"

"那她为什么不和爸爸住在一起？"

"嗯，因为……"

"我知道了，因为那个阿姨又找了一个她喜欢的叔叔，就像你找到云爸爸一样？"

"嗯……是这样吧。你待会儿要喊阿姨好。"

"好吧，my goodness，我的half sister和我长得很像吗？"

婷婷一路兴奋得很，玉沁却是紧张。她不知道自己为什么要心慌，她突然觉得自己就是李莉说的疯子，跑这么老远就是要见见昔日的情敌？虽然她给自己找了个理由是让婷婷见见她的half sister。有这个必要吗？

路上云飞提醒她是不是该给薇薇买点礼物。玉沁暗叹云飞想得周到。他们拐到一家Target，玉沁也不知道买什么好，问婷婷，婷婷说买个相框吧，玉沁就买了，又买了个一百美元的礼卡，买了张小卡片，和一个礼物袋。事后玉沁才意识到那个礼物袋是绿色的，她觉得真是讽刺。

正是樱花盛开的季节，西雅图整个城市都是一片片粉红的云，落英缤纷，好美的城，玉沁在心里暗叹。云飞把车停在一个居民住宅区，小斜坡上，往下能看见整个湖，碧波万顷，好看得很。玉沁带着婷婷先走过去。她看到不远处一个女的带着个七八岁的女孩子，仔细一看，正是文怡，那个小姑娘，想必就是薇薇。玉沁看着她的身影，忽然心一紧，差点把眼泪都逼了出来，原来那伤痕还在，只是这些年，被时光和琐碎包着，自己不觉。头两年的时候，她真的是恨透了文怡，她到处搜文怡有关的消息，她的脸书，她的linkedin，她关注着她的一点一滴。但是现在，她知道自己已不再恨文怡了，她甚至有些感激文怡把云飞推到她身边。但是她没料到那痛还在，还是那么真真切切，扎着人疼。

她一步步地走过去，文怡站在那，像是感觉到她的临近，猛一下回过头，和她的眼神碰了个正着。玉沁想伸手，犹豫了一下，到底没有伸出来，只是微笑。文怡很拘谨地回笑了一下。文怡还是原来那么瘦，穿着米色的风衣，戴着墨镜，时尚，冷艳，只是额头多了丝细细的皱纹。岁月在她身上留痕不多。玉沁想，她一定也在打量自己吧。

玉沁说，"婷婷，这是文怡阿姨，这是薇薇。"婷婷开口叫"文怡阿姨好。"文怡也说了句，"这是玉沁阿姨和婷婷。"两个女孩子就手拉着手去湖边的一个儿童游乐园玩，留下玉沁和文怡，却是冷了场。玉沁想起给薇薇的礼物，就把它递给文怡。文怡只说了个谢谢就再无话。所幸云飞带着元元来了，他冲着文怡大大地笑了，说"你好，文怡。"然后变成云飞和文怡说话。玉沁就看着三个孩子玩成了一片。他们好像是在玩tag me的游戏。玉沁想，小孩子就是容易熟络，一点也没有距离。

云飞说了一会儿话，就跟玉沁悄悄说，"你不是专门要来看她吗？你们说说话。"说着就去跟孩子们玩了。玉沁和文怡站在湖边，两个人都看着玩耍的孩子，却是说不出太多话，玉沁勉强找了个话题："好像西雅图天气还好，并无下雨。""嗯，这几天正好不下雨。"文怡答得简短。两个人沉默了片刻，玉沁又问"你上班远吗？""不远，开车15分钟。"沉默，又是无声的沉默。玉沁不知道再说什么好了，她只觉得她们之间隔了一个太平洋，和她们最初相见一样，她给她的距离感一点也没有减少。她又想起很多年前见她的第一面，可惜无法透过墨镜正视她，看看她眼里的冷是否依旧。云飞在远处给孩子们拍照，玉沁决定不再开口，她仔细看看婷婷和薇薇，倒还像，尤其是那鼻梁，都很挺直。玉沁想，"到底是一个爹生的。"

　　两个女人都在那想自己的心事。过了几分钟，文怡接了个电话，然后她就说，"晚上还有事，我们可能要先走了。"玉沁说，"好。"文怡就跟薇薇说，"我们得走了。""妈妈，再玩一会儿吧？"薇薇并不想走。"就两分钟，好吗？"又玩了几分钟，文怡执意要走，薇薇只好和婷婷告别。玉沁看看表，她们在一起，不多不少，正好30分钟。

　　文怡和薇薇刚走，玉沁才发现她们忘了拿礼物袋了，忙追过去。玉沁看见有辆车子开过来，停在路边，文怡和薇薇坐了进去。玉沁快步跑过去，敲了敲车窗，车窗打开的时候，玉沁听到了一个声音，一个男人的声音，带着点磁性和南方口音。玉沁心猛一跳，然后就看到了坐在司机座位上的那个人，文怡也没想到她会来，脸上写着尴尬。玉沁下意识地把礼物包递给她，她依稀听见薇薇在说，"爸爸，我们走吧！""爸爸。"玉沁在心里重复着。

　　那个人是许多年前在陈林公司新年晚会上的那个长头发。那个声音是许多年前那个星期三下午给她打电话的那个男人。错不了，玉沁一向对声音敏感。

　　玉沁机械地往回走，她觉得空气里充满了诡秘。她心里有一万个问题，她很想打电话问问陈林到底是怎么回事。但是，她知道她不会去打这个电话了。玉沁远远地看着跟婷婷和元元疯玩的云飞，心里叹了口气。她忽然大着嗓子问云飞，"你说从洛杉矶到西雅图有多远？""1100英里，怎么了？""没什么。"玉沁站在那，嘴角露出了一丝微笑。

摩羯座的爱情

（一）玉瑾

  说起来，玉瑾其实是先认识剑凌的。他们是老乡，都来自北方的一个小城。那个小城有好多的法国梧桐，到了夏天，整个小城都笼罩在法国梧桐浓浓的绿荫里了。小城有两所重点高中，玉瑾是市一中，剑凌是市二中。那一年，全市就他们两个考入北大。有热心人把他们的信息交换。快到9月开学时，有一天，玉瑾听到敲门，打开门，看到一个高高瘦瘦带着笑的少年站在门外："我叫剑凌。" 然后就不说话了。玉瑾也听说了这么个人，回说："我叫玉瑾。"却也无话了。她把他请到门里。他们说起结伴南下去北大，又说起一中还有一个叫马达的考到了清华。"要不我们去找找他，我们三个可以同行啊。"玉瑾提议。剑凌说好啊。两个人就一起走路去马达家。他们并排走在法国梧桐的绿荫里，不紧不慢地说着一些家常，玉瑾觉得记忆中的那个夏天好清凉，盛夏的燥热都消失得无影无踪了，她甚至都闻到了一丝丝的清香。

　　马达不在家，后来也没联系上，剑凌就和玉瑾两个人一起坐火车去北京。一路上两个人再加上邻座的两个小伙子四个人玩牌，玩的是一种叫真话假话的游戏。对方说自己手里是什么牌，你猜他是否撒谎，如果猜错了，就要把对方的牌收过来，看谁最先把牌脱手。剑凌不动声色的，每次出牌，玉瑾总是猜错，结果收了他一堆的牌。玉瑾怨恨自己总是信他的话。火车是晚上的时候到北京的，火车徐徐开进北京城，窗外是一片片的灯火辉煌。大家也不玩牌了，都盯着窗外看。玉瑾看着这个陌生的城市，心里有一丝惶恐，又想着到了站，就不太有机会见着剑凌了，更是添了一丝愁。再看看剑凌，一脸的沉着，还带着一丝微笑，玉瑾就愈发觉得自己傻。

　　果然到了北大就不太有机会见着剑凌，毕竟两个人不是一个系的。玉瑾走到哪都想着要是能碰到剑凌多好，可是总也是碰不上。开学好一阵了，有一天，宿舍喇叭里说楼下有人找玉瑾。玉瑾下楼一眼看到剑凌，还是笑笑的，旁边还有一大群人，原来是老乡聚会。有一个清华的姑娘，梳着两个油亮亮的辫子，站在剑凌旁边，他们是中学同学。玉瑾心里有一丝醋意。大家一起跑到学三食堂，北大的做东，打了一大堆菜，几个清华的连说北大的伙食好，以后要常来北大蹭饭吃。吃过饭，大家说去北航，因为有两个老乡是那里的，说要请大家去那里看电影。大家就决定一起骑自行车去，那个清华的姑娘还没有自己的车，剑凌说他可以载她。玉瑾恨自己怎么那么早买了车，不然还可以找个理由坐他的车啊。

　　到了北航，剑凌的姐姐来了，他姐姐也在北航念书，她把脚蹬在剑凌的自行车上，头一歪："好小子，还能载人了。"说完看看清华妞，又看看玉瑾，笑了。假小子似的性格，玉瑾挺喜欢她的。大家看完了电影，要回去了。清华妞有个闺蜜在北航，决定晚上就在北航住一晚上，最后决定回北大的就只剩剑凌和玉瑾了。玉瑾心里暗自窃喜。那个晚上的风好像特别的柔和，学院路是那么的宽敞，两个年轻的人在夜色里，一路轻骑。玉瑾不是个话多的人，剑凌也不是，但是两个人那晚好似聊得很开心。那样的记忆，那样年轻的欢颜，就刻在玉瑾的记忆里，再也忘不掉了。到了北大东门，剑凌要请玉瑾喝汽水，玉瑾不肯，"男女平等啊。"她坚持要自己付钱，到底没有争过剑凌。到了31楼，玉瑾说："我上楼了。"她其实很希望剑凌要她再在校园里走走，然而剑凌迟疑了好一阵，只是说："好。"玉瑾就锁了车，上楼，也不敢回头，心里是一气儿地难受。

这样子又过了大半个学期，玉瑾有一天收到一封信，是寄给剑凌那个系的一个人，大概是寄错了。她跟捡了个宝似的，鼓足勇气跑到剑凌的宿舍，把信给他，他却是有一点懒懒的，倒是他同宿舍的一个男孩，对玉瑾热情有加。又是给倒水，又是请她坐。玉瑾却不想多留，匆匆告别，她是个心气儿高的女孩子。离开他宿舍，她去了海淀书店，却看见剑凌远远地跟在后面，和他宿舍的那个男孩。玉瑾后来知道那个男孩叫魏方。

魏方第一眼看见玉瑾就挺喜欢她。他喜欢她的鹅蛋脸和她清亮的眼睛。玉瑾是那种不张扬的女孩子，很安静，其实是和剑凌挺像的一种人。魏方却是个爱热闹的。大概没什么想什么，他觉得玉瑾这样性格的女孩子特别有味道，有内涵。魏方是个不掩饰的人。周末就跑到31楼，喊玉瑾去看电影。玉瑾还沉浸在剑凌的打击中没缓过劲来呢，自然推说有事不去。魏方也不恼。

到了第二个周末，魏方又来了。这回他学乖了，知道玉瑾不喜欢热闹的，就问她去不去一体打羽毛球，玉瑾喜欢运动，这一两周都不太动了，就想动一动，再说周末实在无聊，就答应了。反正闲着也是闲着。魏方却是个羽毛球高手。他初中时候是少体校的，是专业运动员，后来高中考上了重点高中，成绩好，不用走运动员这条路了，才放弃了羽毛球专业运动员的路，不过一直是喜欢打。一场球打下来，玉瑾对魏方多了好多好感。他技术好，让着玉瑾，做得却是很巧妙，他要把真本事拿出来，估计玉瑾连球都接不起。玉瑾后来知道他是专业运动员出身的，心里暗暗佩服他做事不显山露水，这点倒是和剑凌挺像。可是剑凌为什么不像魏方这么直接主动呢，玉瑾想，大概自己还是没有入他的眼。

魏方也是个用心的，他打听到玉瑾是车协的，第二天就去车协报了名。车协有很多体能训练，还有校园内的小活动，魏方都是积极主动参加。主要是能和玉瑾抬头不见低头见。他每次跑上去特别热情地打招呼，玉瑾也是客气地回应着，不咸不淡。

车协深秋的时候有一项大活动，一起骑车去卢沟桥。魏方直接问玉瑾有无报名，玉瑾早想着去看卢沟晓月，回说报了。魏方欣喜不已，忙说："那我也去。"玉瑾觉得他和剑凌太不一样了。他们那个系文理都招生，剑凌是理科生，魏方是文科生。文科生、理科生到底还是不太一样。剑凌是那种什么事都放在心里的人，虽然时时都带着笑，玉瑾却觉得总猜不透他，就像永远也猜不到他手中的牌。魏方却是个把心情写在脸上的人，有一些些的孩子气，玉瑾觉得和魏方打交道还真挺容易。

车协规定早上7点在北大南门集合签到，说是过了7:30视为迟到，到了卢沟桥罚表演节目。玉瑾最怕唱歌表演抛头露面，早早就起来了，生怕迟到。出了31楼，却看见魏方站在楼底下等着呢。手里拎着几个从学三买来的冬菜包子。看见玉瑾下来，忙迎过去，把包子递上去，笑说要多吃点才能骑得动。玉瑾这下真有点小感动了。

那天天公也做美，暖暖的秋阳照在身上，天空是瓦蓝瓦蓝的。一大队人马穿着一色的运动服，装备齐全，真是挺拉风。大家伙儿像出了笼的小鸟，玉瑾也是觉得开心，也不似前一阵，心里只是想着剑凌了。到了中午终于骑到了卢沟桥，玉瑾已经累得不行了，坐在路沿边不想动，魏方不知道什么时候又出现了，手里还拿着瓶矿泉水。玉瑾拿过水，冲他笑了。大家在卢沟晓月的石碑前照了张大合影，魏方站在玉瑾旁边，玉瑾觉得他们个头也还蛮般配的。

　　回去的路上，玉瑾的车子出了点状况，被一块尖石头扎了个口，要补胎。车协的会长是个明白人，抓了魏方，要他陪着玉瑾："我们车协就委托你做护花使者了！大部队先撤了！"说完意味深长地一笑，大队人马就走了。玉瑾遇事不慌，要魏方先到周围找个修车铺，她先原地等着。魏方心想真是天赐良机，又看玉瑾有条不紊的，更是觉得自己没看走眼。魏方找好了修车铺，两个人把车推过去，修车的师傅说要等一个小时。魏方说附近有个小吃街，不如我载你去那逛逛？玉瑾想想也是。可是她是个害羞的人，坐在魏方车后，手都不知道往哪放。"哎，你就不能扶着我的腰？好歹给点动力嘛。"玉瑾心想他还有点贫呢，但是心里又有点喜欢。那天下午玉瑾就听魏方说话了。他还真挺能侃，天南地北，曲里拐弯的。玉瑾是理科生，以前没怎么接触过文科生，心想文科生的表达能力真是强呢。

　　她认真地想想魏方除了比剑凌矮，还实在挑不出什么毛病，两个人长得也都算帅，不过一个单眼皮，一个双眼皮。性格却是大不一样，剑凌的理性和沉着吸引着玉瑾，魏方却是个外向开朗的，纯真热情，她也喜欢。其实魏方脑子也快，还挺有幽默感，总是逗得她笑。玉瑾想，这不挺好的吗。可是到底觉得他和剑凌是一个系又是一个宿舍的，玉瑾心里总不太爽快。

（二）剑凌

　　剑凌其实和他的名字很不符合，他是慢热型的，总是慢条斯理，不慌不忙，看起来很踏实、很沉着的一个人，一点也不露锋芒，还总是带着笑。他其实心里也喜欢玉瑾。他第一次见她就觉得跟他像，话不多，感情也不轻易外露。可是他总没有勇气做点什么，那天两人从北航回来，他其实也很想和她再说几句，到底没那个勇气，实在也是不知说什么好。那日她来他宿舍，他头晚上刚熬夜看球赛，第二天早上还没睡过劲来，人也疲惫，哪知玉瑾是个那么敏感的人，他后来拉了魏方去海淀，其实也是想再找机会和她说话，可是话都让魏方说了。他直后悔拉了个魏方。魏方后来问他要玉瑾的信息，他也不好意思不给。再后来就眼睁睁看着魏方一步步地靠近玉瑾，每天回宿舍玉瑾长，玉瑾短的。他也不再多想了，他从来不是个主动的人，心性散淡，不爱和人争。有就有，没有也不刻意。更何况，他觉得对于玉瑾，大概也就是喜欢，但是终究没有那么喜欢。

有一天，玉瑾来他宿舍敲门，玉瑾显然也没想到是剑凌开门，有点慌："魏方在嘛？"她说。剑凌一听她是来找魏方的，心里有点凉："他不在，打开水去了，马上就回，你要不要坐一坐？"玉瑾说好。玉瑾进了宿舍，看看宿舍没别的人，站在那像是自言自语："魏方要我做她的女朋友。"剑凌想，这一天还是到了。他迟疑了一会，说："魏方人挺好。"玉瑾点头，笑了笑，说："我不坐了。你要魏方来找我吧。"然后人就走了。剑凌从二楼窗户后面看着她高高挑挑的身影越走越远，心里对自己说："good bye，玉瑾。"

剑凌是大三的时候认识杜纯的。说起来简直叫无巧不成书。大三刚开学的一天，剑凌一个人在宿舍看书，听到了敲门声。他开了门，看到了她，典型的江南姑娘，大大的眼睛，瓜子脸，一张灵动的脸，剑凌心里一动。"我找魏方，他在吗？"剑凌心想，又是找魏方啊："他不在，和他女朋友吃饭去了。"剑凌不知道他为什么要特意说魏方有女朋友了。魏方现在和玉瑾就跟老夫老妻似的，一起吃饭，一起泡图书馆，一起上新东方的托福班。"哦，这样子啊，我叫杜纯，是魏方同一个中学的学妹，现在是德语系的新生。"杜纯眼睛一眨，一股脑自报家门。剑凌想，到底是一个学校出来的，这跟魏方还真是一脉相承啊。"可以麻烦你告诉我最近的学生餐厅在哪吗？"杜纯看着剑凌，笑笑的。剑凌看着那笑容，不由的想到了"明媚"那个词。"噢，学五，你下楼，拐个弯就到。""不如你陪我去吧，你不要吃饭吗？"杜纯又笑了。剑凌简直吓了一跳。这么直接，哪像大一的新生。"那也行啊。"剑凌的口头禅就是这个，他好像永远那么好说话。

两个人一起走在校园里，剑凌才意识到他还是头一回和女孩子肩并肩走在校园里。这几年，宿舍里的几个哥们都找了女朋友了，他一直是一个人，习惯了教室、食堂、宿舍三点一线，现在又多了个新东方。他也没觉得一定要找个女朋友，虽然有时候看着魏方和玉瑾在一起的时候，心里有一点异样的感觉，然而也就是那么一小会儿。杜纯显然对什么都充满了好奇，四处张望，问这问那，剑凌就耐心地回答她。但是也就是把问题回答了就住嘴。"哎，你的回答总是这么言简意赅，能不能再丰富一点，不要这么干巴巴的吗。"杜纯给他提意见了。剑凌笑，觉得这个女孩子真是可爱。

到了周五的晚上，杜纯又来了。"魏方又不在唉。"剑凌心里其实是挺高兴看到杜纯。"他和他女朋友看电影去了。"他又一次强调魏方有女朋友的事实。"哦，没关系，你要陪你的女朋友看电影吗？"剑凌又吓了一小跳，这么直奔主题啊。"我没有女朋友。"他老老实实地说。"哦，原来是王老五。"杜纯开心地笑了："要不你陪我去未名湖走走？听说那个湖挺有名。新生都要去那朝圣哎。"杜纯穿着一身白裙子，像个小仙女，剑凌实在想不出来什么理由拒绝笑得这么妩媚，看起来又这么纯情的女孩子。

剑凌带着她从图书馆出发，穿过一教的飞檐，从临湖轩一路旖旎穿插下去，先是一小片水塘，再走一阵，就看见未名湖了。微风习习，垂柳抚面，湖水安静得很，再衬着远处青灰色的博雅塔，和湖边一对对的小情侣，真是有别样的风情。"今宵酒醒何处？杨柳岸，晓风残月，说的就是这个吧。"杜纯这下子也挺安静的了。剑凌也喜欢她这小淑女的样子，心里又佩服她出口成章，想夸夸她，到底没有说出口。他们一路沿湖走着，走到博雅塔下，又穿过一体，德才均备四斋，再从办公楼那绕过来，绕湖一周，走了一大圈，两个人又经由南北阁，到了静园的草坪。有校园歌手坐在那弹吉他唱歌，他们静静地坐在草地的一旁听他们唱。剑凌从来没觉得北大的校园有那么美。那一路的风景，一路的欢声笑语，让他觉到了一种以前从未有过的欢喜。

杜纯也感慨地说："北大校园这么美，不谈恋爱太可惜了。"剑凌想这小丫头整天都想什么啊，也不知道怎么考进北大的。到了杜纯住的35楼，她说："不如我请你吃煎饼果子吧，今天有劳师兄陪我走这么一大圈。"剑凌刚想说他来请客，杜纯又开口了："不过礼尚往来，下次你请我到艺园吃小炒吧。"剑凌笑了，他知道这小姑娘是把他吃定了。"记住了，我住35楼321。""嗯，记住了。""好记性抵不过烂笔头，我还是给你写下来吧。"杜纯一把拉过剑凌的手，用她的手指把35/321写在他手心。剑凌觉到了一丝电流，有一点麻酥酥的。

快到圣诞节的时候，杜纯已经和剑凌混得很熟了。有一次剑凌问杜纯德语的I love you怎么说。"依稀力本儿地稀。""鸟语，还挺花香。"剑凌笑着跟杜纯说。杜纯也笑了。剑凌真喜欢她笑起来的小模样。杜纯正式给剑凌发了男朋友的聘书，白底黑字，写在硬纸板上，她还画了两个笑脸。剑凌想也就是杜纯有这么多花花心思了，他把聘书收在抽屉里，不敢有怠慢。

魏方嘲笑剑凌说咱们是兔子不吃窝边草啊。玉瑾是在他们的宿舍第一次看见杜纯的。她看着剑凌看杜纯的眼神就知道自己败得一塌糊涂了。她心里有一丝酸，心想自己真是可笑，又还贪心，魏方不是很好了吗？杜纯是个聪明的，她看着玉瑾的脸色，心里已明白大半，忙出来打圆场："哎呀呀，不如我来给你们算命，你们都把生日报上来啊。"这一报，大家都吓了一跳，剑凌和玉瑾都是12月的，摩羯座，前后就差一天。魏方和杜纯都是11月的，射手座，前后刚好隔了一周。剑凌想怪不得见着玉瑾只觉得两个人像，原来是一个星座的，虽然他其实也不大信这个。玉瑾也是觉得好巧，心下暗忖，终归还是有缘无份啊。杜纯特别高兴："你们知道吗，摩羯座和射手座是最佳组合耶！一个理性，一个感性。咱们两对天作之合啊。""切，太玄了。咱们double date啊。"魏方也在旁边起哄。剑凌和玉瑾只是笑，并不作声。

元旦新年的那一晚，四个人约了一起去未名湖滑冰，听新年的钟声。未名湖上到处都是人，有一阵，好多人一起拉着手，拉成了一个大圈圈，剑凌一手拉着杜纯，一手拉着玉瑾，玉瑾又拉着魏方，大家转啊转，每个人都带着笑颜。剑凌心里有一点点恍惚，他突然想，这四个人要是打乱了，重新排列组合，他和玉瑾，魏方和杜纯，两个北方人，两个南方人，两个理科生，两个文科生，两个摩羯座，两个射手座，那该是什么效果呢，也许会更合适呢。但是他知道生活根本是无法假设的。摩羯座的他和玉瑾就只会在那静静地等待射手们靠近他们，猎取他们。因为他们永远是那么理性，那么被动，那么随遇而安。而射手的他们总是对于和他们不一样的东西充满好奇，充满征服欲。原来所有的一切，都没有办法彩排，大概也不需要彩排。命运就是这么顺理成章地把一切都安排好了，只等着他们和她们一一上场。

玉瑾也是有些恍惚了，又有些莫名的惆怅，她想大概以后再也不会有机会同时拉着魏方和剑凌的手了。那一夜的未名真美，她是再也不会忘记那样美好的新年之夜了。

一步之遥

玉巧的上面其实还有个哥哥，养到一岁多就得了急病死了，玉巧的娘一边烧香纸一边哭，眼睛都哭肿了。过了不久就怀上了玉巧，玉巧娘说这是菩萨可怜她，调了个女娃给她。"调"字用湘南口音念起来就是"巧"。　所以玉巧虽然是排行老大，下面一串的弟妹，玉巧娘还是叫她"巧妹"。

玉巧是老大，又是女娃，家里的活没少干，她最喜欢的是去后山放牛。早上天刚亮透了，她就把牛赶出栏，出了村就是后山，后山满眼都是绿，各种各样的绿，墨绿的茶树，翠绿的草地，小涧旁边的刺茅草是浅了一层的嫩绿，衬着小涧的水更清亮了。玉巧回回都带着书，她把牛赶到后山的斜坡上，就坐在小涧边的石头上，牛儿低头吃草，她低头看书，渴了就喝涧里的水。涧里的水甜，玉巧爱喝。慢慢的山下家家户户炊烟都起来了，到了吃早饭的时辰了，玉巧就把牛往山下赶。有一回，玉巧看书入了神，抬起头牛儿都没了影，她慌得赶紧去找牛。好在绕了个山头把几头牛都找齐了，下了山都快晌午了，玉巧娘直骂她"懵懂姑，就知道看书！"

　　玉巧其实一点也不懵，一双大眼睛就像后山小涧里的水一样清澈闪亮，透着聪敏。玉巧爹是念过书的人，思想开明，并无重男轻女，家里但凡是考得上学堂的，他都供。玉巧知道好多农村女娃就算能读书，家里也不供，所以格外珍惜能念书的机会。玉巧也争气，念书好，初小考完小她们学校就考了5个人，她考上了。完小在镇上，她小小年纪就要寄宿了。村里还有个女娃叫月娥的也考上了。两个人就结了伴，周一早天刚麻麻亮就从村上出发，到了周末再结伴回家。两个人一路上说着笑着，十几里地一下子就走到头了。

　　完小考初中又是个坎，这回考上的人就更少了。五十多个人就考上了七个。月娥那天看着榜眼泪就流了下来，说："巧妹儿，以后你就要一个人走这十几里地了。"玉巧看见自己的名字心里自是高兴，可也为月娥难过。"月娥姐别灰心，明年再考吧。""唉，哪里有明年，我这辈子就在家种田了。"玉巧心里想，"可不是，自己是一步也闪失不得，头年考不上，就只能回家种田嫁人了。"

　　初中还是在镇上，玉巧也还是寄宿。周一的早上她一个人走这十几里地，没人说话就看看路上的景致。土路一边是一大片的稻田，一边是溪水，是从山上的水库里流出来的。溪水一路流淌，带着响声，好听的很。那水清亮亮的，遇了石头就变了纯白色，石头缝里还能见着小鱼儿游呢。稻田远处都是绵延的山，只这一条土路是村里唯一一条通向镇上的路。玉巧总想，山那边是什么样子，她真想走出这大山去看看。

　　半路上溪水转了个弯的地方有口泉，玉巧总是在这歇个脚，喝口水，然后绕一些路到山洼里的一个土地庙去。土地庙是刚解放那阵废弃的，没有人。玉巧心里有一点怕，但是每次都要去。她跪在土地爷面前虔诚地说："土地爷，你一定要保佑我考上大学啊。我到时候一定回来还愿。"未了，她起身拍拍膝盖上的土继续赶路。

那时候高中招得少，初中考高中是最难的，高中考大学比起来倒还容易些了。全县总共就招四个高中班。玉巧平时成绩好，可是一点也不敢疏忽，每天念书到好晚，她也不觉得累。她心里头有个上大学的念想，觉得浑身都是劲。放榜那天她起了个大早，天还没亮，就从村里往镇上赶。中间还不忘记去土地庙拜了土地爷。到了学校看见布告栏前已经不老少人了，哪个不心急啊。她才走近，班上的一个男生叫国强的就告诉她："玉巧，恭喜你考上县一中了！"玉巧也不回话，抬头看见自己的名字就在头几排，心里才落踏实，回话说："谢谢，你呢？""我也考上了，也是县一中呢。"玉巧也忙祝贺，两个人又说了些话。

玉巧回家的路走得轻快，她绕到土地庙给土地爷磕了三个响头，心里想土地爷真是灵呢。出了土地庙，玉巧觉得每一缕阳光都泛着香气，水田里的稻子都好像在唱歌呢，她不由的唱起了那首《红梅赞》：

> 红梅花儿开
> 朵朵放光彩
> 昂首怒放花万朵
> 香飘云天外

玉巧回到家说高中录上了，爹娘听了都高兴。弟妹们也高兴，只大弟不喜。玉巧平常在校，家里的活都是大弟做了。玉巧心里有歉意，心想将来念了大学一定给大弟买好多好东西。

暑假里离开学还有两个星期的一天，玉巧出去打猪草，回来看见堂屋里坐着两个军人，他们问了玉巧很多问题就走了。过了几天公社里的黄秘书到她家来了，"玉巧，恭喜你，你被录取当女兵了。"玉巧有点懵了，才想起毕业前她们学校挑了十多个女生去体检，还取了档案。玉巧体检政审都通过了，那两个军人是到她家里考察连带面试她。她人长得好看，据说全公社就挑了她一个，说是要去做文艺兵。玉巧心里是又高兴又犹豫，高兴的是如果去当兵，她就能离开这山冲冲，去看山那边的世界了。犹豫的是她的大学梦就做不成了。她一心一意就想着考大学呢。那天晚上她翻过来覆过去睡不着，平日里睡觉山里的小狼叫，她都听不见，这回听得可是真切。她想了大半宿，终于定了主意，天快亮才眯了一小会儿。爬起来就跟爹娘说还是要去读高中。玉巧娘叹气，玉巧爹不作声。玉巧也不管了，到公社跟黄秘书说决定不去当女兵，去念高中。黄秘书直不敢相信自己耳朵，"这么好的事，落别的人身上求着都想去呢。到时候考不上大学你可别后悔！"玉巧说："考不上也是命了。"

县一中是重点，在县城里，学校名气大，玉巧进校那届毕业生绝大多数都考上大学了，女生更是一个不拉的都考上了。玉巧觉得特别受鼓舞，她觉得自己只要认真念书，诚心去拜菩萨，大学就能考上，她就能去看看山外边的世界了。高中她住校在县城，周末不能回家，她就天天待在教室里发狠读书。高一期考成绩名列前茅，玉巧心里高兴，心想这回又能拿奖学金了。她打念书就没拿过家里一分钱，年年都能拿奖学金。但是玉巧那年没拿着奖学金，玉巧又是沮丧又是诧异。班主任李老师是个好老师，心地好，偷偷地告诉她是因为搞"四清"，玉巧爹是大队支书，不知道什么事情得罪了人，被划成"四清"分子，她也受了牵连，不能拿奖学金了。

放寒假回家玉巧说起学费的事，玉巧娘一边骂玉巧爹不会做事，得罪人，一边又骂公社的张书记，心眼坏，把人往死里整。第二天早上玉巧起来没看见她娘，她就把挂面下了，伺候几个弟妹吃饭。日头有五尺高了，玉巧娘还没回来。到了大下午了，玉巧在禾塘里远远地看到土路上的一个单瘦的影子，穿着青褂子，正是玉巧娘。玉巧直纳闷娘去镇上做什么。玉巧娘进了门高兴地跟玉巧说，"巧妹，我想出法子了，早上我去大山里挖野胡椒苗拿到镇上卖了，卖了好几角钱呢。我这个冬天多跑几趟，你的学费就出来了。"玉巧看娘的手都冻红了，脸上也被风吹着起了褶子，玉巧眼里的泪花儿直打转。

　　县城里念书的日子，玉巧出脱得越发水灵了。玉巧不仅是会念书，还会唱歌。班上排京剧《红灯记》，玉巧演李玉梅，杏仁眼，高鼻梁，身后是一根乌光发亮的大辫子。小嘴儿一张，大家都在下面鼓掌。学校篮球队，玉巧打中锋，她一上场，周围加油喝彩的人就多起来。玉巧心里敞亮，男同学倾慕的眼光她只当没看见，她一心想着就是好好念书考大学呢。就这样，还是有勇敢的人给她写条子，写情书，她一概原封不动退回。

　　到了高三下半期，班上的气氛明显紧张起来了，大家都是农村里的穷孩子，都知道高考是唯一一条跳出龙门的路。大家京剧也不唱了，球也不打了，一心一意念书。玉巧班上就五个女生，一个比一个用功。

　　四月份是高考体检的日子，县里卫生所的护士跟玉巧打趣说，长得这么漂亮，到时候去念大学追你的男生可不得排长队。玉巧哪有心思想这个，只是敷衍地笑笑。

　　日历本越撕越薄，4月，5月，6月，下个月就高考了。玉巧想快了，熬人的日子就快过完了。

　　玉巧永远也忘不了那一天，6月底的一天她照常去上课，进了教室，只觉得气氛不对，班主任李老师早早站在教室前头，神情格外的严肃。他等每一个同学都进来了，用低沉的声音说："同学们，我要通知你们一个消息，就是今年的高考取消了。我们伟大的领袖宣布以后大学生都是推荐，而不是高考了。"

　　玉巧觉得心里有一个闷雷炸开了！这么多年她辛辛苦苦念书，诚心诚意求菩萨，结果是连个高考的机会都没得着！

　　……

　　玉巧回了家种地，出工。春天的时候，玉巧在地里插秧，这么多年没做农活了，玉巧插了一天的秧，到了晚上觉得腰都要断了。

第二年秋天的时候，玉巧听到一个好消息，大队今年有一个推荐工农兵大学生的名额。玉巧在家等爹从大队回来。天黑透了，爹才回来，玉巧才一开口，玉巧爹就说："你别想了，那个名额给明华了，他家最穷。"玉巧娘正在扫地，气得一把把扫帚扔过来，差点砸在玉巧爹头上。"你胳膊肘往外长的！上回有个城里招工的指标，你给了云田，咱家大云没捞上，这回上大学，玉巧是老高中生，最有资格，明华才是个初中生，你为什么这么傻！就为了你那个廉洁的名声吗！你看看人家黄秘书，不让他家女儿上卫校他就要辞职，我告诉你，你这是自私，蠢！"玉巧爹不作声，任由玉巧娘骂。但是，玉巧知道他是个犟脾气，十头牛都拉不回。

玉巧心里憋屈得荒，第二天一大早她出了门，爬到山顶上的水库旁边。她看着水库的水跟一块温柔的碧玉一般，心里稍稍安定了些。她心想，她和她的大学梦又错过了。她只觉得自己就跟一只小蚂蚁一样，在命运的车轮面前没有一点力量。

玉巧去做了民办老师，在小学校里教书。给她介绍对象的人很多，但是她一个也瞧不上。这样子一拖就到了24岁。有一天她从学校里回娘家，路上遇到月娥，她牵着个娃，从镇上回来。月娥初中没考上就回家种地，19岁就嫁了，娃都老大了。玉巧一想自己也是年纪不小了，心里叹气。再有介绍的，玉巧就放低了身段，女人可不是最后还是得结婚生子。

玉巧看到荣光的相片觉得他还顺眼，荣光在部队里当官，等升到营长就可以带家属随军了。荣光那年回家探亲，他对玉巧一百个满意，两个人就订了婚。来年春天再回来两个人照了张相片，玉巧娘给做了两床棉被，拿到荣光家，两个人就算是结了婚。玉巧觉得自己与其说是为了结婚而结婚，不如说是为了走出大山而结婚。

时光就如小涧里的水，无声地流淌着，转眼玉巧就生了三个孩子。荣光还在部队里，她一个人带着三个娃在山里的小学校里教书。教室东头小小的备课室放了一张床、一张桌子、一张凳子就再放不了其他的东西。玉巧能干，在山下还开了块菜地，种了萝卜，茄子，黄瓜。有一年萝卜大丰收，玉巧娘还挑了一箩筐萝卜回去。

有一年的春天，她听到有人在窗外叫玉巧，玉巧出去一看是国强。玉巧想他家离这快二十里地呢，他跑这么远做什么。国强开口就说："玉巧，恢复高考了！大家都可以去高考了！""真的啊！"玉巧高兴地失声大叫。"我还给你带了好多复习资料呢，你成绩好，底子好，赶紧复习，你一定行的！"国强把资料递给玉巧。

玉巧那一阵跟打了鸡血似的，心气劲又上来了。每天白天教书，晚上把三个孩子哄睡了，她就在油灯下开始复习。玉巧领到准考证的时候心里想，这次她憋足了劲，一定要满了这个念想。

也是命里注定。

考试前一个月的一个晚上小老三突然发高烧，烧得都说胡话了。玉巧叫了邻居阿婆陪着两个大的，自己背着老三去了公社卫生所。结果是小儿麻疹，得隔离住院一个月。玉巧想，人啊，都有一个命啊，别说她这次又没机会考，就算是考上了，三个孩子谁来带啊。

玉巧忍着泪把准考证一点点撕碎，心里头跟把指头尖上的一根刺拔出来一样痛。这么多年的那个念想就这么一次次被碾碎，那个念想曾经离她那么近，近得她以为只要往前一步就能够着呢。

我的名字叫玉溪

我的名字叫玉溪，是我妈取的。我只记得小时候幼儿园金发碧眼的阿姨总是叫不对我的名字，"Yuxi。"她们看着我，舌头都绕在一起了，还是不会念那个"X"。我问妈妈为什么给我取一个这么难念的名字。

"因为你是中国人啊！这是个中国名字。"

"可是Maggie为什么叫Maggie？"

Maggie是我的邻居，她也是黑眼镜黑头发的中国人。

"嗯，那你要问她的爸爸妈妈。你不觉得你的名字很特别吗？玉的意思是Jade，溪的意思是creek。A creek full of Jade。多美。"

我一点也不觉得我的名字美，可是我别无选择。

我上小学的时候，总是有人问我："how do you pronounce your name?"然后我就告诉他们："Yu-shing。"——这是我能想到最接近拼音的读音了。"What a pretty name。"她们，一般是金发碧眼的女人，说的时候都是满脸的真诚，我终于慢慢相信大约我的名字是美的。

我开始上中文学校的时候，有一个小眼睛的中文老师问我："你叫玉溪？你爸爸喜欢抽烟吗？"

"我不知道。我爸爸不跟我们住。我妈妈是个单亲妈妈。"

"噢。"小眼睛的老师摸了摸我的头，不再说什么。下课了，妈妈来接我。"mom，我爸爸抽烟吗？"我妈妈在开车，我能觉到她稍稍颤了颤。

"为什么问这个问题？"

"因为我们中文老师问我这个问题。"

"嗯，他抽烟。"

我不再多问，我妈妈说我刚生出来他们就离了婚。我出生在洛杉矶，我妈妈那时还是个留学生，一个人又念书又照顾我，我真不知道她怎么过来的。大概是因为我外公外婆从中国来帮忙了。我外婆说我小时候可好带了，他们每天带着我去小公园玩，我一个人安安静静地挖沙子。我外公外婆和周围一些也是来探亲的爷爷奶奶说话。那时候，从中国来探亲的父母还不多，所幸洛杉矶是个大城市，中国人还多一点。外公外婆和他们见了面简直就是老乡见老乡，两眼泪汪汪。

我记性好，我能记得小时候的很多事。我记得我六岁那年我妈妈带着我回中国。我记得我妈妈在飞机上又描眉毛又涂口红，她平常很少化妆。我妈妈问我："妈妈好看嘛？""好看。"可是我觉得她不化妆的样子更好看。大概每个孩子心中妈妈都是好看的，可是我妈妈是真的好看。眼睛不大，弯弯的，亮亮的，长头发黑黑的。她有时候用电卷梳把头发卷出大波浪就更好看了。我后来长大了，我知道中国有个女演员叫白百合，我觉得我妈妈长得和她有点像呢。

那是我第一次见到我爸爸。他到机场接我们。他好像等了很久，他站在那，脸上有一丝疲惫。他中等个子，眼睛不大，戴着个眼睛，看起来很斯文的样子，可是他看起来比我妈妈大不少。他走过来，把我妈妈的皮箱接过来："这么重，里面装着石头吗？" 他笑着说。我看见他摸了摸我妈妈的头发。妈妈很羞涩地笑了。妈妈把我拉过来："玉溪，叫爸爸。" 我抬头看了看那个人，我居然没有觉得特别陌生，我小声地叫了声："爸爸。"他摸了摸我的头发，很仔细地看了看我，说："她长得像爷爷。"我闻到他身上有一种味道，有点刺鼻。 我一个人走在前头，我爸爸和我妈妈走在后面，我隐约听到我爸爸说："一家三口。"

我们一起坐出租车去酒店，我坐在我妈妈左边，我妈妈坐中间，我爸爸坐在我妈妈右边。 酒店在北京东面，有很多很高的楼。我们一起到酒店大厅，酒店的人问我们，你们三位入住吗，我妈妈说："就是我们两个，他只是一个朋友。" 我们三个到了房间，我倒头就睡了。我起来的时候，天已经大亮了。我没有看见我爸爸，我问妈妈："那个叔叔呢？ "

"什么叔叔，那是你爸爸。他回家了。 "

"他有自己的家吗？ "

"是啊。"

"噢。你们为什么要离婚？ "

我妈妈便不再做声，她看着大落地窗好像在想心事。第二天，我妈妈带着我去儿童剧院看演出，《白雪公主》，我好喜欢，可是居然没有王子。七个小矮人最后把白雪公主感动得醒了过来，我跟妈妈说："可是我看的书里都有王子啊。"

"没有王子，日子也得照过啊，我们平常没有爸爸，不也一样过吗？"

我想想也是，平常没有爸爸，妈妈什么都会做，她还把我的自行车修好了。

第二天晚上，爸爸又来我们房间了。这回我不困了，我看电视，看卡通，我爸爸和我妈妈有一搭没一搭地说话。我爸爸还问了好多我上学的事。他还出了几道数学题，我很快做出来了，他很高兴，跟我妈说："这孩子聪明，像你。"我妈说："像你吧。"他们倒是都挺谦虚。我后来就睡了，他们都以为我睡了，我其实没有睡皮实，我看见我妈妈搂着我爸爸的腰，从我爸爸兜里掏出一包烟，我妈妈说："还是抽这个牌子的烟啊。""嗯，最喜欢这个牌子了。"然后我就又睡了，我醒来的时候我爸爸又不见了。

我们从北京飞到南方外婆家，外公外婆老了好多。外公高兴地叫我小香蕉。他老说我是小美国佬，外面是黄的，里面是白的。我问我妈妈："我到底是中国人还是美国人？"

"都是啊，一个人可以同时是两种人呢。"

"那我要爱哪个国家？"

"都爱啊，就好比一个人可以同时爱两个人的。"

我不同意我妈妈的说法，总有一个最爱吧。我喜欢外婆家，因为我不要做作业，还可以和表哥表姐玩。可是他们都有爸爸，我很羡慕。我跟妈妈说，"你和爸爸再结一次婚吧，这样爸爸就回来了。"我妈妈叹了口气，笑了笑，又不作声了。我不喜欢她这样，每次我问她什么，她不想回答，就沉默，我不喜欢沉默的她。

我们再从北京回美国的时候，我就没有再见到我爸爸了。上飞机的那天，妈妈好像一直都在盼着什么，我知道她是盼着爸爸来，可是他没有来。飞机起飞的时候，我看见妈妈看着窗外流泪，我问妈妈："妈妈你怎么哭了？"我妈妈又不作声了。

我妈妈回来后一直都不高兴。这样子过了些日子，有一天，她很认真地问我："玉溪，妈妈再给你找个爸爸好吗？"

"是原来那个爸爸吗？"

"不是。"

"那我不要了。"妈妈又不作声了。我赶紧说："那你找吧。"

妈妈抱住我，"你真乖。"

又过了些日子，我妈妈就把斯蒂文正式请到家里。他是个美国人，个子很高大，看起来很健壮。他给我买了个书包，可是我不喜欢他的味道，我好像更喜欢北京的那个爸爸的味道，可是那是什么味道呢。

我妈妈终于还是和斯蒂文住在一起了，我不太喜欢他，但是我别无选择。他们的关系是我外婆外公搬过来后开始恶化的。其实起因是个很小的事，剩菜剩饭。外公外婆从来都是节俭，剩菜剩饭都要放冰箱里，可是斯蒂文不喜欢，有一次他把我外婆熬了半天的一锅牛腩倒了。我外婆气得不行了，说他不知道国内牛肉有多贵吗，这么糟蹋粮食怎么可以。其实这些都是小事，我觉得其实主要是我妈妈不喜欢斯蒂文了。她又嫌我外婆嘴碎，就让斯蒂文先搬出去住，结果他这一搬就没再搬回来了。我妈后来又找了几个男朋友，但是没有一个长久。有几次她问我："还记得爸爸吗？"我说记得。

"你喜欢爸爸吗？"

"喜欢。"

　　她就很高兴的样子，我觉得她还是挂着我爸爸。我猜她其实不想离婚的。是不是我爸爸喜欢上别的人了呢？

　　我上初中的时候有一次和我妈去一家中餐馆吃饭，碰到个熟人。她的女儿刚给哈佛录取，她眉飞色舞地说起她的女儿，然后说："加油，你们家玉溪从小就是小神童，将来也是要上哈佛的呢。"妈妈笑着说："那不成的，玉溪比你家闺女差远了。"但是那个女人的话好像是个魔咒，我妈从那以后就开始管我管得很严。她不许我去朋友家过夜，不许我12点以后回家。有一次，我做一个社区项目很晚回，有一个美国男生送我回来。她盯着那个人看了半天，我恨不得找个地洞钻进去。"他有抽烟，你知道吗？"那个男孩走了以后，她说。

　　"你怎么知道？你又不抽。"

　　"我知道的，相信我。"

　　"抽烟怎么了，还有人吸毒呢。"

　　她不说话，盯着我看。我回到自己房间，把门砰的一声关上。

　　她还自作主张给我找了写作的家教。我那天故意装傻，和那个上课的老太太斗气。　老太太是个明白人，看看我，又看看我妈。"你以前不是这样的，你小时候多乖。有一次你还说要一辈子保护我。"老太太走了以后，我妈说。"你以前也不是这样的。我十四岁了，我要我的自由。"我和她顶起来。她看着我，眼睛里有一种忧郁，我受不了她这种眼神，我走了出去。我给我的好朋友Iris打电话。我和她一起去海边骑自行车。

　　"单身妈妈都这样神经兮兮的，你知道吗，我姑妈就是，我姑父死得早，我的堂兄弟都受不了他妈，没办法的。"

　　"我真的很苦恼，我心里是爱她的，她一个人不容易，又做妈妈，又做爸爸。可是我还是盼着我早点毕业，离我妈越远越好。"

　　我们还是这样频繁地吵架，斗嘴。那几年我们的关系糟到不能再糟。十年级的一个夏天的晚上，我醒得很早，我从我妈房间经过的时候，我闻到了一种遥远的味道。我看见我妈站在窗口，背对着我，她穿着个黑色的吊带小衫，头发蓬乱，她手里拿着根烟——原来她一直抽烟，只是在晚上，只是背着我。她一定是怕我看到。我慌慌张张回到自己房间，生怕她知道我知道了。我躺在自己床上，我很想哭，但是我不敢哭出声，我憋得难受，我真不喜欢那种滋味。

　　我开始慢慢控制自己，每次要和她吵起来的时候，我就开始沉默，像她一样。我终于熬到了毕业，我没能上哈佛，我上了纽约大学。不过我妈还是很高兴。我高中毕业典礼的那天我妈哭了，我很少看到她哭。她是个那么坚强的人。我说："妈妈，我会经常和你联系的。"我妈倒笑了："不是，我只是羡慕你，十八岁，多好的年纪，我想起了我自己的十八岁。好遥远啊。" 我知道她十八岁在北京一个有名的大学上学。我初中的时候，她曾经带我去过那个学校，的确很美，可是我不明白学校为什么要有围墙呢。

　　我大二的暑假做实习，在华尔街的一家有名的投资银行。我是在那碰到王展的。他是我的小老板，非常有趣，非常聪明。他在国内念了本科，还工作了好几年，在哥伦比亚念了MBA后进的这家公司。有一天中午，我看见他在办公楼抽烟区抽烟。他没有看见我，他站在那，眯着眼，抽烟，我闻到了那种味道，我小时候在我爸爸身上闻到的那种味道。在他抬起头看天的那一刻，我爱上了他。

　　他什么都好，我能知道他也是喜欢我的，可是他是个结了婚的人。还有个两岁的儿子。纽约城的夏天又闷又湿，真是个折磨人的夏天，他的办公桌离我的不远，我有时候能感觉到他的眼光，可是我回过头，那眼光又不见了。我和他有一对一的时间，本来是谈职场规划的。可是我不敢直视他的眼睛。好几个晚上，我都在凌晨二三点醒来。在漆黑的夜里，我张着眼睛数数，却再也睡不着。

开学前我回到洛杉矶的家，我要躲开他，好好地修整一下。我妈在机场第一句话就是："你瘦了，没事吧？""没事。"我回答得无精打采。我妈一路都不怎么说话。我很怕她的眼光。她是个非常敏感的人。我怕我会泄露自己的秘密。

那天晚上，我妈给我做了好几个菜，有我小时候最爱吃的大片牛肉。可是我不太吃得下。

"有谁欺负你了吗？"

"谁敢啊？"

她狐疑地看着我，"你是不是爱上不该爱的人了。"

我不是个会撒谎的人，我开始沉默，就像她一样。

"命吗？"我妈妈看着我。

晚上的时候，我妈敲我的房门。我开了门，她站在门口，手里拿着好几本东西。"这是我年轻时的日记，我二十岁的时候开始记日记，就为了那个人记。那个人就是你爸爸。"

我开始翻看她的日记，日记封面是卡通画，里面都有一点发黄了。她是个仔细的人，都标好了日期。我找到她大二那本日记，开始翻看。

原来我是个私生女。

我终于知道自己为什么叫玉溪了。

　　我妈妈19岁的时候碰到我爸爸，他是她的大学老师。他是结了婚的。"那天上课前他在教室门前抽烟，好像对周围的事物都没有一点察觉，他静静地站在那抽烟。一教的飞檐嵌了一个极好的背景。秋天的阳光懒懒的照着他。风里弥漫着淡淡的香烟味。他像是思考着什么，又像是在欣赏这美景，金灿灿的银杏和绿极了的樟叶，悠闲且自在，竟不知自己已然成了风景的一部分。"他抽烟，最常抽的就是玉溪牌。

　　从暗恋到苦恋，好似和别人的故事并无不同。唯一不同的大概是我妈把我生了下来。

　　他和他太太的女儿叫玉泉。"玉泉？"我的心一颤，我走进我妈的房间，她没睡，在那抽烟，她看见我，愣了一下。

　　"那个玉泉是不是在哥伦比亚大学上学？"

　　"是的。"我妈妈说，"你怎么知道？"

　　"我见过她！就是去年在一个感恩节的聚会上。她和我的名字都有一个玉字。别人还问我们是不是姐妹。"

　　"这么巧？"我妈睁大了眼。

　　"我的名字有一个玉字是不是也是特意就她的名字？"

　　"是。"

　　"给我一支烟。"我说。

　　我妈递给我一根烟，我接过她的烟，狠狠地抽了一口，一股辛辣涌上来，我差点眼泪都掉了下来。

我的名字叫玉泉

我的名字叫玉泉。我问我妈妈为什么取这个名字。"因为你是在玉泉路青年公寓怀上的啊。玉取其珍贵，泉取其水，你五行缺水，所以要有泉有水。"我妈妈说。我喜欢她这个说法，我也挺喜欢我的名字的。只是那个调皮的男生凌飞总叫我玉泉路。凌飞和我从小学就是同学。我们在北大附小念小学，北大附中念中学。我们是邻居。他其实对我挺好的。

上小学的时候，他坐我后面，有一次他举起手，跟班主任说："张黎说我是玉泉的丈夫。"我羞得脸都红了。我下课问他："你为什么这么说？""不是我说的，是张黎说的。"我很生气地问张黎："你为什么这么说？""因为他喜欢你啊！"我说不出话来了。凌飞的确对我好。有一次我们班去紫竹院春游，我忘了带中饭，他把他的都给我吃了。

凌飞人聪明，学习很轻松，他是个特别搞笑的人，好像每天都没有忧愁的事，尽管他个子不高，长得也不帅。

我爸爸妈妈是大学同学。我觉得他俩挺般配，个头配，长相配，学历配，只是性格不太像。

我爸爸是个很安静的人，大多数的时候他都在看书。他书看累了，就放下来，走到阳台上抽支烟，看着外面。他有时候叫上我："泉泉，我们出去走走？"我喜欢和他到楼下的院子里遛个圈。不过我最喜欢的还是吃了晚饭，我们一家三口一起在小区里走走，我一边牵着妈妈，一边牵着爸爸。别人都觉得我们是个幸福的小家。

我妈妈性格活泼，她有一双像泉水一样清澈的大眼睛。她是双子座。我认识的双子座的人都特别多才多艺。我记得我小的时候她最喜欢一边唱歌一边做家务，她最喜欢邓丽君的《小城故事》。"小城故事多，充满喜和乐。"她也是从小城市来的。她说她不喜欢她家乡的小城，她很小的时候就发誓要离开那个小城。所以她一直特别努力地念书，因为那是她知道的离开小城唯一的途径。

我上小学的时候，我奶奶来我们家住了一阵。我妈妈和别人都处得挺好的，就是和我奶奶处的不好。有一次我听到我妈在房里跟我爸说："她居然还偷听我电话，怀疑我不检点。太讽刺了吧。"我爸爸压低了声音说："好了，你小点声音。你不要跟老太太一般见识。"

我八岁那年的夏天，我爸和我妈大吵了一架，我妈正在炒菜，她砰的一声把锅扔在地上："这日子没法过了！"她坐在沙发上，开始哭。我爸爸不说话。他们要我一个人出去玩，我答应了，假装下了楼，又偷偷折回来躲在门后面听，我害怕他们两个吵架。我总觉得他们一吵架，这个家就要散。我听见我爸爸说："我答应你，不去见他们了。"他们？还是她们？他们是谁？

我妈妈从那以后就不太高兴，她做家务的时候也不怎么唱歌了。

除了那一次，我的印象里，我爸爸妈妈都挺好的，他们就真的是别人说的老夫老妻，没有浪漫，没有——爱情了。也许结了婚的日子都是这样？我问妈妈："人为什么要结婚？"

"没有为什么，你爱上了一个人，你就想和他结婚。"

"你爱爸爸吗？"

"大概是爱的吧。"

"那爸爸爱你吗？"

"我不知道。"

"你为什么不知道？"我有点急。我就去问爸爸："你爱妈妈吗？"

他的回答和妈妈的一样："大概是爱的吧。"什么叫大概，我真不喜欢这样的回答。爱一个人心里难道不知道？

比如凌飞对我很好，我也喜欢他，但是我心里很清楚，我不觉得我爱他，因为我没有时时刻刻想着他。

我初中的时候奶奶过世了。妈妈哭了。我很想哭，但是我哭不出来，我问妈妈："人为什么会死？"

"因为我们不能老是活着。"

"人为什么要活着？"

妈妈看了我一眼："这么小就问这么多生啊死啊的。"妈妈不说，我去问凌飞同样的问题。"想那么多干嘛？活着就是活着的理由。"我不满意他的答案。我自己去看书，我真的想知道活着的理由和意义。可是没有一本书给我一个答案。妈妈也不准我多看这些闲书。她给我买了好多英文书。她希望我到美国念本科。

我高二那年，我们一家三口去美国玩了一趟。说是旅游，其实妈妈是想带我看看美国的大学。我们坐飞机从旧金山入关。我们最先去看的就是金门大桥。那天天气特别好，还赶巧碰上了飞行表演，我们站在金门桥头的时候，三架飞机正好从金门桥上飞过，在蓝天上拖出了三道笔直的白烟，金门桥高耸入云，庄严得像一个圣坛。我们走到了桥中心，我往桥下看，水蓝得发黑，黑得炫目，像是一个黑洞，要把所有的东西都卷进去。我一阵害怕，赶紧拉住了我妈妈的手。我们三人照了张合影。我左手挽着妈妈，右手挽着爸爸。"cheese！"给我们照相的老外说。我对着镜头笑："茄子！"

下午我们去看了斯坦福的校园，一进门，高大的棕榈树又茂盛又齐整，特别气派，然而又有一种说不出的浪漫。我们去看了彩色玻璃教堂，教堂前正好有一对新人在照结婚照片，我跟爸爸妈妈说："我给你们也照一张吧。"他们站在一起。"爸爸，你可以把手搭在妈妈肩上吗？"爸爸就把手搭在妈妈肩上。

我们又去了东部，哈佛，MIT，还有哥伦比亚大学，妈妈不太喜欢哥大，觉得不安全，离黑人区太近，我倒觉得还好，何况它离Juilliard's school那么近。可以经常去听听音乐表演。

我开始申请美国的学校了，事实上，我早就开始准备了。考了SAT和TOFEL。我的SAT考了2370。我是托一个留学公司帮我申请学校。虽然我爸爸妈妈都懂英文，妈妈还去过美国做了一年的访问学者，但是他们觉得保险起见还是请留学公司办。留学公司收费一点也不便宜。

凌飞也在申请，其实我们班好些人都在申请，只是大家互相都保密。有一天凌飞告诉我他知道有一个枪手，英文很好，价钱不贵，写一个自我陈述才500美金。

"这是她的联系电邮。"

"你不怕我和你竞争？"

"谁让我喜欢你啊。"

"我也喜欢你。"我脱口而出。

"我也喜欢张黎。"我马上又加了一句："谁对我好我就喜欢谁。"

"那你一定喜欢我多一些，因为我比张黎对你好。"我笑了，点头说是。

那年夏天，我和凌飞都收到了好几份录取书，我最后选了哥伦比亚大学。凌飞选了纽约大学。他其实可以去伯克利。我觉得伯克利比纽约大学好，学费也便宜一些。"可是离你太远了啊。"凌飞说。

美国读本科比国内读本科要累一百倍。张黎在北师大上学，他跟我说他们天天晚上听讲座，看电影，而我却是每天都在赶项目。我以为我的英文很好了，可是上课的时候我连老师一句话都听不懂。

凌飞倒是还好，他读的是数学系，对他来说没什么难度。他交友广泛，不仅认识大陆来的学生，还认识了几个ABC。我觉得我和ABC是两个世界的人，说不到一起。他却不觉得。"你对谁好，谁就对你好，这不是你说的吗？"

有一次他跟我说："我们学校有一个ABC叫玉溪的。和你长得有点像呢。"我心里一咯噔，我想起爸爸经常抽的烟就是这个牌子。

"她爸爸也喜欢抽烟吗？"

"不知道，她好像是单亲妈妈。她爸爸不和他们住。"

我突然很想见见那个叫玉溪的。我说不出什么理由。

感恩节的时候，凌飞在他的公寓开聚会。我的功课很紧，我根本不想去我要在家里做一个项目。我在电脑上折腾了两个小时，PPT才做了三张，我心里没料，什么都写不出来。我决定去凌飞家转转。门一打开，满屋子的人，我一眼就看到一个女孩，我几乎可以确定那就是玉溪。她的确长得有些像我，或者说，她长得像我爸爸。她抬起头看见了我，她也愣了一下。凌飞也看见了我，他说："太好了，你们两个真应该见见。我说你们长得像吧。"

我和那个玉溪说"hi! "

她也回了个 "hi。"

"你家是哪的？"

"洛杉矶。你呢？"

"我是北京的。"

"噢，北京，我妈妈是北京大学毕业的。"

我想说我爸爸妈妈都是北京大学毕业的，但是我没有说。我看着她，有一种很奇怪的感觉。她好像还挺喜欢我的。她说她六岁的夏天去了北京。她爸爸住在北京。但是她爸爸妈妈离婚了。"你多大？"我突然问她，我知道问一个几乎是陌生的美国人这种问题有点唐突。她比我小一岁半。

我呆了一会，吃了点东西就走了。凌飞问我为什么不多呆会，我说我还要赶作业。"你还是以前的那个好学生。"我走在路上，一路上玉溪的脸一直在我面前晃。

那个寒假我的世界历史得了个C，我难过得哭了起来，我从来都是好学生，突然掉到最下一层的滋味好难受。我不知道从什么时候我开始晚上失眠。夜里躺在床上，脑袋里好像有根弦，绷得很紧，怎么也松不下来。想到第二天还要上课，我就开始害怕，越是害怕越睡不着。

一个周末凌飞来我宿舍看我，我突然抱着他大哭。"你怎么了？"他吓了一跳。

我哭了好一阵，"没什么。我在想，为什么到美国来念书？活着的意义是什么？"

"你怎么还在想这个问题？"

"我以前活着是为了到美国念书，我到美国念书了，可是我一点也不快乐。不快乐的人生有意义吗？"

"不快乐就去找快乐呗。"凌飞永远是那么不把事儿当事儿。我真羡慕他。

第二年春天的时候，我的失眠没有一点好转，我每天都害怕黑夜的到来又盼着它来，总是积攒了好几天的疲惫，我终于能睡一会儿，但也只是一两个小时。我真的害怕了。我开始没有缘由地哭。"你不会是抑郁了吧。"凌飞很着急。他要我去见医生。我拖了好久。我终于约了个医生，她是菲律宾和白人的混血，长得很好看，可是我不喜欢和她聊。她一上来就非常确定地说，这就是抑郁症，必须吃药。她给我开了药单，我没有去拿药。

爸爸是四月份来看我的，他来波士顿开会，顺便到纽约来看我。我没敢告诉他我的状况。但是他显然一眼就看出来了。"你看起来很疲惫。"

"是的，功课很紧。"

"不要总是想着拿第一，这里不是以前。"

我心里想，我都拿C了，我还拿第一。

"你一天睡几个小时？"我差点说连着好几个晚上连着没睡着了，可是我没说，我只是说："很少。"

"爸妈不在你身边，你要自己照顾好自己。"

"妈妈好吗？"

"她还好吧。"

我们中午一起去吃了个台湾牛肉面，他吃得很香。

"晚上我要去别的地方看一个朋友。"

"什么朋友？"

"嗯，一个老朋友。"

"我怎么不知道你在纽约有老朋友？"

我是个很敏感的人："如果有老朋友，我刚到纽约的时候你怎么没说。"

"嗯……他是后搬来的。"他顿了一下。

"他住在哪？"

"嗯，住在曼哈顿。"

"那我送你去。"我其实没车。在纽约城里有车不方便。

"不必了，你好好休息，你看起来好累。我打个的就好了。纽约的出租车到处都是。"

我不再说什么。

我看着父亲上了一辆黄色出租车后，等了一小会，就上了另一辆出租。"跟着那辆车。"司机是个黑人，他看了我一眼，什么也不说，就跟上了爸爸坐的出租车。纽约的司机什么场面没见过。车子开进曼哈顿，到了纽约大学附近，然后进了校区，停在一个学生宿舍楼。他下了车。我远远地也下了车，躲在宿舍楼拐角处。我看见他打了个电话，就在楼前等着，他站在那，没什么表情。过了一阵，我看见一个人出来了。

这个人是玉溪。

她看见我爸爸很高兴。我爸爸也笑了。隔得远，我不知道他们说了什么。然后他们上了楼。我跟在后面。他们进了一间房子，关了门。我轻轻地惦着脚，躲在门后面，我听见玉溪说："爸爸，你要喝点什么？""爸爸？"她叫我的爸爸"爸爸。"好像有一股电流击中我，我的世界好像塌了个角，虽然我其实早有准备。我不想再听下去，我出了那栋楼。纽约的天空还是一如即往的蓝，没有一丝风，这个世界没有因为我的世界塌陷而有一丝的不同。

那么，她是我同父异母的妹妹。我爸爸从来没有提到过我有这样一个妹妹。那么，她是他的私生女。我想起我八岁那年的夏天，爸爸妈妈吵了一大架。爸爸答应不去见她们了。她们，就是玉溪和她的妈妈吧。是的，我的爸爸还有另外一个女人，他还和这个女人生了一个孩子，这个孩子甚至比我更像他，这个孩子和我在同一个城市上学，我们甚至有共同的朋友。

我的心像是填了一吨铅，压得我喘不过气。

　　我的失眠继续加重，甚至连几天睡几个小时都保证不了了。我想到了死。死，好可怕的字眼。我又去看了一个医生，这次我开始吃他给的药。但是我的情形一点也没有好转。凌飞来看过我几次，他很担心。

　　夏天到了，我的期考有两门Fail掉了。我觉得我要被退学了。他们说哥大的退学率很高。我颓丧极了。我特别想妈妈。我给她打电话："妈妈，我好想回家。"

　　"放暑假了，你回来吧！"

　　我不敢回家，我这样子她一定好失望。我晚上睡不着觉，白天起来头疼欲裂。我睡不着觉就在网上闲逛，突然看到美联航的广告蹦出来。纽约到旧金山直飞，399美元，真便宜。单程只要199美元。我顺手就买了张机票。飞机起飞前我坐在飞机上给凌飞打了个电话，我听见他说"Hello。"但是我不知道该说什么，我沉默地把电话挂断。

　　凌晨一点，我站在了金门大桥上。桥中间偶尔有一两辆车飞驰而过。我沿着西边的自行车道一直走到桥中心。夜很冷，他们说"最冷的冬天是旧金山的夏天"。果然如此。桥下是太平洋的水，夜色里漆黑的水在沉默，一个个漩涡像是一个个黑洞。我看过白先勇的《最后的贵族》，那个威尼斯的白俄琴师说："世界上的水都是相通的。"我看着那苍茫的太平洋，海那边就是中国，北京，玉泉路我的家。

　　夜色中的金门桥高耸如云，庄严得像一个祭坛。

　　我的背包里有我们一家三口在金门桥上的合影和一张纽约到旧金山的单程票。相片上我们都在笑。

　　我站在那盯着桥下的水看了许久，水是黑的，夜也是黑的。我感受到一阵阵凛冽的风。我依稀仿佛听到远方有人在呼唤我的名字"玉泉！玉泉！"

　　是的，我的名字叫玉泉。我五行缺水。我喜欢我的名字。

父亲的二胡

我父亲八岁的时候成了孤儿。

父亲很少跟我们说起他的身世，但是偶然地他会说几句。譬如我中学历史学秋收起义的时候，他看了一眼我们的历史教科书，说那时候的情形比这惨烈多了。"你爷爷的两个兄弟就是那时候死的。"又比如我们学乡土历史的时候，他会拿起我们的教科书翻，然后自言自语地说："怎么会没有写社教呢？"

这样子，慢慢地我们也把他的家事凑齐全了。我的曾祖父是一个保长。三个儿子，一个女儿。我爷爷排行老三。秋收起义那年大儿子刚成了家，新娶了媳妇。那天正好他媳妇回了娘家，他带着大弟去镇上赶集。那么巧就碰到了革命军游行，两个人挤进去看热闹，却被认出是保长的儿子。愤怒的群众当场就把两个人绑了，游街以后就杀了。我爷爷本也闹着要去镇上，两个哥哥嫌他小，碍事，没带上，反倒捡了一条命。可惜他也不长命，我父亲出生不久他就得了伤寒去世了。我奶奶带着我父亲改嫁给张木匠。

　　这个张木匠据说是个命硬的人。第一个老婆被马蜂蜇了第二天就死了。第二个老婆是我爷爷的大哥的遗孀，她新婚的老公死后不久她就改嫁给张木匠，结果没几年也病死了。我奶奶是他的第三个老婆，她嫁给张木匠以后，生了三个闺女，我的三个姑姑。兰姑，慧姑，秀姑。她们都长得好看。我就想，大约我的奶奶也是好看的。我奶奶再一次怀孕的时候，有一天爬梯子去阁楼里取东西，不小心摔了一大跤，去了医院打了一针说是保胎的，结果不但孩子没保住，连大人的性命也丢了。那一年，我父亲刚满八岁。他说只记得家里闹哄哄的，三个妹妹都在哭。他没有说他有没有哭，我猜他一定是哭了，只不好意思与我们说。张木匠后来又娶了个城里人的小老婆。那时候解放了，不准三妻四妾，小老婆就被城里人休了，然后改嫁给张木匠。那个小老婆据说人也不坏。但是到底也不是亲娘亲爹，周围还有一堆有一半血缘关系或者毫无血缘关系的的兄弟姐妹。我父亲是要在这样的大家庭里，没依没靠地一个人讨生活。我后来看《白鹿原》，白嘉轩娶了七房女人，我就想，这不是张木匠吗。

　　据说我爷爷是颇有些才气的，毕竟是保长的儿子，小时候读过私塾的。我父亲说，爷爷二胡拉得特别好，那时候还在镇上的戏台子上演出过，我家里那把二胡就是爷爷传下来的。我父亲大概是得了些真传，也是方圆十几里地的秀才，不仅二胡拉得好，字也写得好，还会在大衣柜门上画百鸟朝凤和富贵花开。那时候，附近乡邻有了红白喜事都爱喊他。一来父亲会编对联，写对联，二来他还会打算盘，可以兼做帐房先生。我小时候，别人喊他，他总是甩下手里的活拔腿就跑。母亲在他背后大声地呵斥他只当没有听见。

　　父亲最风光的时候大概是在社会主义教育时期，他称做社教的那个一两年，大概是1960年左右的事吧。他那时还是单身，被人邀请到处做报告。台下是乌泱乌泱的一大片。群众们把他们报告团的人当神一样敬，盛情挽留他们留下来做干部——真有留下来的。可是父亲天性单纯，又被热血澎湃的时代冲晕了头，压根想不到要做什么官，还是兴致勃勃地一个乡一个乡地跑，一场一场地做报告。然而那个时代什么事情都跟孩子的脸一样，说变就变。很快就不搞什么社教了。父亲回到老家种田，而那些留下来的就做了官——乡长甚至是后来的县长。他有时候说起某某某当年还没他讲得好，现在都做了区长了。母亲就开始嘲笑他，骂他蠢，看不准形势。　他也不恼，任母亲说，就像平常任何事情一样。他就是听着，不生气，也不发火。

我家兄弟三个。我初中就开始住校，很少和家里人住在一起。后来我哥和我都考上了北京最好的大学，小弟也上了省城的大学。再后来，我弟留在了省城，我和我哥都出国留学，在那个年代还是件颇新鲜的事，县里的报纸找到了我们家采访父亲母亲。他们两个拘谨地坐在禾塘的竹凳子上，父亲一开口眼泪就往下淌。母亲坐在旁边，不哭。

我后来接父亲母亲去美国住，他们不习惯，尤其是父亲。我有次带孩子看病，把他也带上了。我们在小单间等医生的时候，父亲抱怨说："美国看病的房子都这么小。"我很无语，中国看病的房子是大，可是好多人呢。病人看病是没有隐私的，你说你的病状，满屋子的人都尖着耳朵听。我老婆是个城里人，父母亲第一次来，她就给每个菜盘里加双筷子，说是公筷。有一次父亲忘了换筷子，我老婆狠狠地瞪了他一眼，父亲茫然地看着我。我很想把老婆呵斥一顿，然而我究竟没有。父亲的懦弱从空气中传到我这。我突然想起我父亲在张木匠家的日子，虽然他从没有跟我们提过。那样寄人篱下的日子，他唯有变得懦弱，才能保护自己，只这习惯性的示弱已经深深写在他骨子里，甚至是通过DNA传到我这。我悲哀地发现，我不过是在重复父亲，重复父亲的懦弱和隐忍。

　　父亲住满了六个月马上就走，我心里很内疚，但是我竟然不知道能做什么。父亲回到家就常跟我们提海归的事，说我的中学同学大林学习那么差，复读一年才勉强进入省里的一个二流大学，现在在东莞，做房地产，早发了。"你和你哥也回来吧，国内机会多得是呢。"我和我哥都不做声。

　　我去年带着儿子壮壮回国给他做七十大寿，我哥我弟也都回来了，带着他们的孩子。一大家子这么多年总算是又聚在一起。我家是在一个小山冲里，在大路上隔一两里地都能看到，可是要绕上一大段路才能走到。我记得小时候坐在父亲的自行车背后，父亲会说一句："坐稳了！"然后车子在泥路上一颠一颠地出了山冲。好在后来从大路到家门口的那段泥路改建扩修了，私家车也能开进来了。那天孩子们都跑到老屋里耍，跑上跑下，兴奋得很。我家的老屋很破旧，南方农村典型的青瓦尖屋顶，中间是堂屋，右边是厨房，左边是卧房。厨房还是那种老旧烧柴火的灶台。我记得小时候父亲会带我们到田埂上挖水米花，然后捣碎了放在糯米里做糍粑。到了过年我们在灶火上烤糍粑，烤到金灿灿的再撒上白糖，吃起来满口的香甜。我们后来要给他们修新房子。父亲不肯拆老屋，就只好在老屋旁边并排修了一栋新屋。新屋有3层楼，那时候还是附近最高的楼，可是现在也是灰头灰脸，周围好几栋楼都比它高了。那天来了不少人，其实大多是我们兄弟三个的同学来捧场。我们在禾塘里摆了近二十桌，父亲乐呵呵地忙上忙下，看得出很高兴。平日里这两栋大屋子，就他们两个老人住，一定是寂寞得很。

　　那天晚上，客人都走了，一轮残月挂在天边。父亲看着空荡荡的禾塘，突然跟我儿子说："壮壮，你要听爷爷拉琴吗？"说着就从大衣柜里找出了他的二胡。壮壮拨弄着二胡，说："跟我的小提琴有点像呢，也是要拉的。""是啊，这是中国版的小提琴，等我死了这把琴就给你好不好？"父亲跟壮壮说。"我不要，爷爷不会死的。"父亲笑了，然后他就坐在禾塘的小竹凳上，也不看我们，拉了起来。他拉的是二泉映月，调子很悲凉，我小时候听过许多遍，我知道他心情好或者不好的时候就会要拉他的二胡。他拉得很入神，我看着他微屈的背影，像一棵被挖空了的老树，好像随时都会倒下却紧力地抓着地面。我不知道他这次是心情好还是不好，我站在那，心里是月凉如水的凄凉。

阿飞的故事

我第一次见到陈飞时，我家还住在卫生学校后面的那栋老房子里。那天日头把沥青路面都烤出油来了。他站在大日头下，神情淡漠，嘴紧闭着。他剃了个光头，头壳发青，眼珠子也和头壳一样发青。他身上的白衬衫很古怪，上半截是一条一条的竖条纹——像是监狱的铁栏杆。我后来才知道他就是刚从监狱出来的，确切地说，是从少年收容所出来的。他是个孤儿。

我记得他来我家前一个星期，我父亲和母亲大吵了一架。他们两个在房间里关着门吵，越说声音越响。我隐约听到是我父亲要收养陈飞，我母亲不肯。我母亲一生气自己回了娘家。我弟弟那时候五岁，比我小三岁。我母亲一走，家里就没饭吃了。我父亲一个人就着花生米喝酒。我和我弟只好用酱油泡剩饭吃。然后，那天我父亲一个人骑了他的那辆永久牌自行车出去了。他出去了两个时辰，就把陈飞带回来了。

陈飞坐在我家暗黄色的转角沙发上，一句话也不说，有一点拘谨。父亲给他买了一件短袖，一条黑色卡其布的短裤和一双塑料凉鞋。我心里有点不高兴。我家一点也不富裕，我在中心商店看到一个画着白雪公主的双肩书包，央求父亲给我买，都说了两个月了，他也没答应。父亲要陈飞换下身上的衣服，换上他新买的衣服，陈飞就照做了，但是还是一个字也不说。

父亲也不说什么，就去厨房里弄吃的。他下了一大锅面，里面放了红红的辣椒油。父亲给我们四个人一人盛了一碗辣椒面，每碗面里都有一个煎得金黄的荷包蛋。我和我弟好几天没见油水了，一下子就把自己的那碗面吃了个精光，连一滴汤都不剩。陈飞不紧不慢地吃。

"迎客的面条送客的饺子。"父亲说："陈飞，以后这里就是你的家了。"陈飞默默点头。

我家那时住的房子是那种最简单的田字型房子。一个大卧室，一个小卧室，一个厨房，再加上一个客厅，各占田字的一个口。我和我弟住小卧室。父亲前几天不知道从哪里弄来了一张单人床，铺在客厅里。那天晚上，他铺好了床，把一个新枕头和一条新毛巾毯递给陈飞。"你睡这吧，委屈一下了。叔叔家地方不大。"其实哪里需要毛巾毯。我家住顶楼，夏天热得跟蒸笼似的。凉席子上面捂了一层热气，哪里睡得着。我睡在小卧室，心里有些害怕。我家的落地风扇有些老，落地风扇转到头，转回来的时候总会咔嚓一声，再接着转。我更是睡不着，天快亮了才迷迷糊糊睡了一会儿。

过了两天我母亲就回来了。她心里大概是担心我和小弟。她打量着陈飞，陈飞顺眉顺眼地站在旁边。她不再说什么了。陈飞就算是在我家住下了。

我们慢慢地和陈飞熟悉起来。他开始和我们说话了，但是也就是我们喊他，他应一声，不多说其它的。他干活倒是很卖力。那时候家家都要做蜂窝煤。我父亲和他两个人从和煤，打模，再到收煤球，基本都包了。煤球晒一天就干了，到了傍晚，我帮忙去收煤球。我一下只能收六个，单排摞在一起，他一下收十二个，双排摞在一起。父亲说："算了，如月，你上楼吧，要你陈飞哥来做。"

我从来不喊他陈飞哥，我喊他陈飞。后来过了几年我们看了一个香港片子叫《阿飞正传》。我和我弟都管他叫阿飞，他好像还挺高兴。慢慢的，连父亲和母亲也跟着叫他阿飞了。阿飞的头发有一点自然卷，有那么一丁点像张国荣呢，和我第一次见到他发青的光头的样子真是差太远了。

母亲慢慢地也接受了阿飞。一来他能帮我们做事，二来他来了后，父亲打我和小弟就打得少了。我父亲是个脾气暴躁的人，喜欢喝酒。他喝多了酒就找我们的茬子。小弟调皮，有一次他好奇父亲的酒瓶里还有没有酒，就把酒瓶倒了个头，结果里面的酒都洒在了地上。父亲一巴掌就抡在小弟脸上。母亲气得直骂父亲，父亲也知道自己做的不好，就躲到一边去了。父亲虽然对我们暴躁，但是却怕母亲。母亲一发火，他就老实了。有一次父亲也是喝了酒，喊我们开门，我们在后面的阳台玩耍，没有听见，父亲喊了很久我才听见。一开门，他就甩了我一巴掌。我从小就倔脾气，气得眼泪在眼里打转也不在他面前哭。那天晚上我不肯吃饭，晚上一个人在被子里哭，第二天清早我也不吃饭就去了学校。班主任邹老师问我眼睛为什么那么肿，我也不吭声。

日子过得快，我们都像春笋一样迅速拔高。我和小弟住一个房间也不方便了。可是如果阿飞和小弟住小卧室，我住客厅，也不好，因为大家总是要穿过客厅去阳台的卫生间。父亲就和阿飞动手改修房子，把阳台装了封闭式玻璃改成了厨房，把原来的厨房改成了一个小房间给我住。阿飞和小弟住小卧室，这样倒还好。

我上小学五年级的时候市里要搞红领巾大游行，每个人都要一把红缨枪。阿飞帮我做，他开始用刀子劈一根废木头，我蹲在旁边看。

"如月，你去菜市场给我买几块水豆腐回来，记得，要最顶头那个老头摊子上的。"我母亲喊我。

"等一下嘛。"我看得正起劲。

"现在就去！"我母亲声音高了，我母亲从来不打我，也很少骂我。我看她真生气了，嘟嘟囔囔拿了两块钱和一个碗出去了。

回到家，阿飞把红缨枪的大致形状劈好了，正拿砂纸磨，然后又拿红布条缠在枪身上，一圈一圈像螺丝纹一样的。枪头漆成银色的，亮闪闪，我拿着好神气。

"阿飞真能干。"我说。

他笑了一下，露出白白的牙齿。

我上高中的时候有一次我大伯来我家吃饭，我和我父亲顶嘴，父亲一生气，又打了我一巴掌。我都这么大了，他还当着那么多人的面打我。我一生气就跑了出去，我一个人赌气跑到坟山那边。黑漆漆的夜里，一块一块的墓碑，一座一座的坟头，还有一闪一闪的磷火。我心里开始害怕了，怕人也怕鬼。我在恐惧中听到阿飞的声音："如月！如月！"我终于大声地哭起来。阿飞顺着我的哭声找到了我。我们回家的路上，他跟我说："我爸爸从小就打我，打得比叔叔凶多了。""那你恨他吗？"我问。

他的眼睛里有了一层深深的悲凉，许久也不说话。

阿飞从小没怎么念过书，但是他在少管所里学了一样手艺，剪头发。他就去一家理发店做学徒。他学东西上手快，剪得不错，大家都爱找那个有一点像张国荣的小伙子剪头发。

我上大二的那年收到信说是阿飞要结婚了。妻子就是楼下做裁缝的章阿姨的女儿路路，我叫路路姐的。我记得那个章阿姨，脸上有好多雀斑，人倒是好得很。她家住一楼，我小时候经常从她家穿过去到楼后面煤球房，会省一些路。她总是笑笑地把她家后门打开让我过。他们夫妻两个人都老实，可惜一直没有孩子。后来就在路边捡了这个女孩，取了名就叫路路。路路姐长得挺好看的，细眉细眼，皮肤也白。其实阿飞长得也不错，尤其他笑起来的时候。只可惜他不怎么笑。我猜他们两个颇有些同病相怜，都是没有亲生父母的人。大概也算是青梅竹马，住一栋楼，经常抬头不见低头见。

我后来听说章阿姨其实是反对这门婚事的，但是架不住路路姐铁了心要嫁给阿飞，就只好答应了。

我家那时候已经搬到小铁岭街了，家里房子宽了，有一间就给他们做了喜房。章阿姨在床上洒了很多枣子和桂圆，取的是"早生贵子"的意思。

他们的婚礼办得还算体面，我父亲在城里有名的富贵楼包了二十多桌。我寒假放学提前回了家，参加他们的婚礼。路路姐穿着红艳艳的新娘服，头上插了一朵丝绢做的大红花。阿飞穿着一身灰色的西装。两个人每桌轮流敬酒敬烟。我记得阿飞一直都在笑。

路路姐没考上大学，上的是职高。他们两个结婚后，到处凑钱盘了一家理发店。我父亲凑了一个大份子，章阿姨也凑了不少钱，小两口把南门市场附近这家小小的理发店给盘下来了。两个人起早贪黑经营这家理发店，生意还不错。我放暑假去他们的小店子，看到墙上到处都挂着张国荣的图片，卷卷的头发，一口白白的牙齿对着人笑。阿飞给我剪了个时髦的波波头，我挺喜欢。

　　过了两年，他们就生了个男娃，取名叫陈飞路。意思是从父亲母亲名字里各取一个字。那年我回家过春节，阿飞抱着小娃娃来给我父亲母亲拜年。男娃娃长得俊，头发有一点卷。

　　"像爸爸呢。"我说。阿飞看着孩子，脸上有一丝微笑。

　　"要是你爸妈还活着，看到这么漂亮的孙子，一定笑得合不拢嘴了。"我接着说。

　　阿飞脸上骤然一变，嘴角垂了下去，他眼睛里那道熟悉的悲凉又浮出水面，我有点不知所措。我母亲走了过来，塞了一个红包给小飞路："我们飞路第一次拿压岁钱呢。"她把小飞路抱了过去。阿飞站在那，眉头轻微地皱着，默默地看着小飞路。

　　我听说阿飞突然去世的消息时正在外地出差，我在火车上，我父亲给我打的电话。我的手机信号不好，但是我听到了心肌梗死四个字。我一下就蒙了，我没有办法接受活生生的阿飞突然就没了，我跑到两节火车接口没人的地方大声地哭。

　　我回到故乡参加他的葬礼，他五岁的儿子陈飞路拿着他的遗相站在到处是花圈的灵堂前面，路路姐眼睛红肿，披麻戴孝站在一边，章阿姨一边扶着她一边抹眼泪。我的眼泪又忍不住哗哗地流下来。

　　办完葬礼后，我，我弟和我父亲母亲坐在沙发上，大家许久也不说话。父亲神情疲惫，母亲也很伤心。"阿飞真是个可怜的孩子。"过了许久，父亲开了口，给我们讲阿飞的故事。阿飞的母亲很早就去世了，好像也是猝死。他父亲带着他一个人过。他的父亲脾气很不好，比我的父亲脾气还要糟。他们家又穷。有一次，阿飞把一块肉不小心掉在地上，被狗叼走了，他父亲飞起一脚就踹在他胸口。他大了一些后，就会跟他父亲顶嘴。他父亲总是要打得他不再还嘴。

那年冬天下了一场雪。阿飞和他父亲去镇上买来年开春的水稻种子。南方的小巷子很拥挤，巷子那头突然就有一辆摩托车开了过来，阿飞忙往里头闪，一不小心撞了一下路边的水果摊。摊子上的雪梨摔在泥水里，黑乎乎地。摊主拽着阿飞父亲的衣角要他赔钱。

"你个兔崽子不长眼睛啊！"阿飞的父亲骂他。

"我不躲，摩托车要撞了我啊。"阿飞说。

"撞死你也比撞了摊子好！"阿飞父亲骂骂咧咧。

阿飞一生气，自己先跑回家了。

过了一个时辰，他父亲也回来了。"你个兔崽子，要你去帮我背种子的，你倒好，撞了摊子，自己先跑回来了，看我今天不打断你的腿！"他父亲从里屋拿出一根皮带，抽在他的身上，一下，两下。阿飞一回头，皮带甩在他脸上，殷红的血，从他的脸上流下了。阿飞红了眼，他冲到厨房拿起水果刀就刺到他父亲胸口，他父亲倒在了地上。阿飞跑到雪地里，大声地喊救命。邻居把他父亲送到镇上的医院时，他的父亲失血过多，已经没有气了。阿飞一个人瘫坐在雪地上，满眼的血红，雪白。

他那年还只有十五岁，就被送到了少管所。

原来，这么多年，我一直和一个杀人犯生活在一起，而且，那个杀人犯杀的是他的父亲。我颤抖了一下。我在想，父亲母亲也一定是怕我们吓着了，这么些年一直也没有跟我们说起阿飞的事情。我母亲必还是有些防着他的——我想起了那次阿飞用刀子劈木头给我做红缨枪，我母亲急忙忙地把我支开。

"你们是亲戚吗？所以要收养他？"我问父亲。

"不，我们之前素不相识。"父亲说。

"那么，你怎么知道他的事情？"我问。

"说起来巧。那天我在听广播节目，有个访谈节目采访他。他表现好，要提前出狱了。可是他是个孤儿。他也不知道要去哪。"父亲陷入了沉思。父亲那一次突然就动了心，他费了周折联系到市广播电台。要收养他。

"你知道他是杀人犯，你还收养他？"我看着父亲。

"是的。"父亲停了很久："他让我想起我自己。我的父亲小时候经常打我。有一次差点把我的腿打断了。"

父亲艰难地继续说了下去："有几次，我也想杀了他。"

我默默地看着父亲，他坐在那，低头磨搓着手。我有些明白他为什么也会打我和我弟弟。他为什么对陈飞那么照顾。我能想象当年的父亲听到阿飞访谈录时的触动和难过。他从阿飞身上看到了自己的影子。

我努力回忆我有没有过那种可怕的念头---好像没有。我长大以后，不再恨我的父亲。但是这么多年了，我时常会做一个梦，梦见坟地里有一双手伸出来，啪的一声打在我的脸上。我在黑夜里醒过来，眼里头就有了泪。我心里颇有些失望，父亲回忆过往的事情，并无提及他自己也经常打孩子的。我不知道他是否知道，他带给我的阴影像是印在白粗布上的油漆，怎么洗也洗不掉。

我后来成了北漂，在北京电视台做一个小记者。我租住在北京的地下室。有一次，我的室友在放一个老片子《阿飞正传》，我跟着一起看。电影最后，刘德华问张国荣演的阿飞记不记得4月16日下午3点他在做什么，阿飞说要记得的他永远记得。我看着电影里奄奄一息的阿飞，想着另一个阿飞。也许我们要的不过就是记得。我一直是记得他的，记得他眼睛里的一束悲凉。我父亲说他走得很平静，在睡梦里就去了天堂。我不知道，在天堂里，他会不会遇见他的父亲，他的父亲会不会向他伸开双臂。

绿色之恋

题记：那一年，我翻山越水，

只为多年后我们围炉夜话那一段绿色之恋。

一

陈玉姗拿到北大录取通知书的时候被告知要军训一年，在信阳陆军学院。军训？玉姗没有概念，说不上好，也说不上不好，但是要去北大的兴奋压过了去军训的迷惘。更何况军训就不要考试了，想想刚过去的高考，玉姗就跟卸了千斤担一样轻松。

玉姗是坐火车去的信阳，从重庆到信阳，十来个小时呢。爸爸特意买了硬卧，可是她还是喜欢坐在窗边的凳子上看窗外飞速驶过的风景，那么细细密密的感受，需得坐在流动的火车上才能感受到。她喜欢看南方起伏有致，翠绿的丘陵，明晃晃的水塘和站立在电线杆上一动不动的小小鸟儿。临近信阳，大地变得广袤了，公路旁是整齐划一的树木和稀疏的村落。天快亮的时候，火车到了信阳，军校特意派了车子来接新生。玉姗上了车，前排已经坐了一个女生，长得漂亮妩媚，但却是个冰美人，脸上一丝笑都没有，一副拒人千里的样子。玉姗心里有点发怵，找了个离她比较远的位置坐下。

玉姗分在六大队二十九中队，一区队二班。二班有十个人，一个大宿舍住八个人，剩下的两个到混合宿舍。玉姗是力学系的，同系的几个女生都分在一个宿舍，大家叽叽喳喳很快就熟了。玉姗分到混合宿舍，落了单。混合宿舍也是八个人，两个计算机系的，两个物理系的，两个城环系的，一个力学系的，还有一个电子系的。那个冰美人叫喻飞，是物理系的，也分在混合宿舍。玉姗不是特别爱说话的人，一个人坐在宿舍里，不知道干啥好。门口探出个头，是隔壁宿舍同一个系的林心蕾。

"听说你是重庆的啊？"

"嗯。"

"我小时候在重庆住过几年唉！我住渝北区，在黄花园附近。哎，你是哪个中学毕业的？"林心蕾满脸的兴奋。

"我是巴蜀中学毕业的。"

"哎呀，名校啊。"

玉姗笑了，心里开始喜欢林心蕾。

"不如我们出去走走吧。"心蕾提议。

"好啊。"

信阳陆军学院还挺大，进了大门的右边是部队生的营房，左边是北大生的营房。北大军训生一共有2个大队，8个中队，其中两个女生中队。平时规定能放风活动的也就是营房附近，两个人也就在29队附近转了转。学院里倒是干干净净，一排排的白桦树笔直如云。女生29队和女生25队的营房在一条道上，道的尽头是食堂和炊事班的宿舍，旁边有个小卖部。两人跑到小卖部看了看，里面的东西乏善可陈，就有个太阳锅巴还看着有点食欲。两个人出了小卖部，在马路上走。林心蕾话多，一张嘴就停不住。玉姗一路听着林心蕾说笑，不太插得上话，不过她心里挺高兴。

马上就是给所有的新生剪头发。玉姗本来头发也不长，因为她妈妈生怕她念书分心，模仿琼瑶小说里的女主人公一样长发飘飘，所以每次都带她去剪个学生头，清汤挂面的。但是玉姗看到别的区队女生头发那个短，还是吓了一跳。可是马上自己的头发也剪短了，比男式女发还要短。"哎呀，还不如给我剪个板寸呢。那才帅呢。"林心蕾跑到玉姗宿舍发牢骚。两个人互相瞧了瞧，又乐了。"好在现在没法谈恋爱，要不然这样的谁要啊！"林心蕾又开始说怪话。玉姗觉得她真是可爱。

每个人都领到了一身新军装，大檐帽，和解放鞋，还有一双坡跟的布鞋。大家穿上绿军装都肥肥大大的，倒是那件浅灰色的衬衣，穿上去，收在肥大的军裤里更显身材，配上有点跟的布鞋，感觉还瞒好。大家都觉得挺新鲜，几个人换了衣服，手挽着手，在29队宿舍楼前站成一排，十八岁的青春就整齐地定格在那。玉姗和心蕾还跑到陆军学院主楼的草地上，玉姗穿着那件灰色的衬衣，坐在草地上，一手撑在草地上，一手扶着大檐帽，略带羞涩地冲镜头灿然一笑。相片洗出来，那张集体照大家都觉得好萌，玉姗单独照的这张也好，玉姗喜欢，又去洗了几张，给家里寄了一张。

接着就是英语分级考试，玉姗英语底子好，分在二级班，林心蕾分在一级班。二级班是男女混合班，和别的中队的男生一起上。

"真羡慕你有帅哥陪着上课。哪像我，分在尼姑班。"林心蕾有点小丧气。

不过后来证明混合班其实和男生一点交流都没有，也就是点名大家都听着。座位都是隔好几排，下了课，马上都直接带回各中队，连个照面都打不上。玉姗跟林心蕾说了这情况，林心蕾乐了："这还差不多，要不然你们都谈恋爱去了，哪会好好军训啊。"

大家刚安顿好，队里要大家准备个节目，说是北大的领导要来看望同学们。林心蕾在高中就是文艺骨干，唱歌唱得好，大家就要她带头，编个节目。心蕾带着大家排了个四方舞，到处抓壮丁，玉姗五音不全，也给滴溜进来。大家排了好几天，感觉还不错。到了那天在食堂里表演，大家一边跳，一边唱那首《年少时候》：

> 年少时候
>
> 谁没有梦
>
> …………
>
> 多年以后
>
> 又再相逢
>
> 我们都有了疲倦的笑容

刚唱了一半，北大的领导来了，大家停了下来。接着就是领导发言，领导发了言，就是下一个节目了，那个唱了一半的《年少时候》，就再也没有唱下去了。不知道为什么，玉姗一直记着那个场景，那戛然而止的歌声停在那个时空，像电影里蒙太奇水珠凝固的镜头，隔着二十多年的时光也挥不掉。

二

正式的军训生活马上开始了，早上六点不到，外面天还是黑漆漆的呢，就开始听到军号声了。大家伙都还没睡清醒，都慌慌张张地起来了，营队外面点名，然后跑到大操场，练队列，踢正字。"齐步走！""不许掏脚，要直直地踢出去！"区队长一边吆喝着，一边一个一个检查过来。区队长叫王丽华，据说是从济南军区过来的，是护士兵，因为信阳陆军学院这边没有女兵。她要说长得吧还真不赖，大眼睛，樱桃嘴，个子也高，可是玉姗看着就是不亲近，林心蕾也不喜欢她，私下里跟玉姗说，瞧她那水蛇腰，一看就不是个正经的。"常铃，腰挺直了！"区队长又在吼常铃。常铃是城环系的，长得窈窕，身段儿好，区队长对她每次都吹毛求疵的。林心蕾说大概是找常铃的男生太多了，周末总有男生到29队门口找常铃。"区队长嫉妒她呢。存心找茬。"

练完队列，吃了早饭，就是上课，上啥课，马列主义思想和语文课。下午就是各种活动，喂猪，种菜，帮厨。玉姗想大好的时光就这么浪费了。

帮厨是轮流来的，每次两个人，去厨房帮炊事班的打杂。今天轮到玉姗和喻飞，就是物理系的那个冰美人。食堂后面有个小院子，食堂正门没开，玉姗和喻飞从侧门绕进去，炊事班的几个已经开始准备晚饭了。炊事班有三个人。班长李栓是个农村兵，个子矮矮瘦瘦的，长得倒是斯斯文文的。他今年是入伍第三年，决定能不能留在部队的关键一年，要是留不住，就要复员回到农村。还有一个是个山东来的大个子，叫高明生，长得魁梧，五官也粗粗的。另外一个叫邓四武，他个头适中，很安静的一个人，是个城市兵。

高明生看她们来了很高兴："来了！班长要安排她们什么活吗？"班

长正坐在小马扎上择菜："要不你们择菜，我去和面。"他把小凳子让给玉姗和喻飞坐。玉姗坐上去开始择菠菜，四武坐她旁边打鸡蛋。她侧了脸看他的脸型长的很有轮廓，有楞有角，跟她高中班上的学习委员长得有点像。怪不得前几天林心蕾帮完厨回来大惊小怪地跟她说："哎，没想到炊事班还有个美男子呢。"玉姗心里稍稍动了一下，心想，自己还真是好色呢。　她看到四武打鸡蛋，鸡蛋壳随手就扔了，忍不住问他："你干吗不把蛋壳里的蛋清抹一下，扔了多可惜。"四武抬头看了她一眼，笑了："那么多鸡蛋，就不在乎那一点了。"玉姗觉得他笑起来挺亲切。

每次吃饭都是排着队去的，就那么几步路，还要喊号子。到了餐厅前，先唱支歌才能进去吃饭，林心蕾还专门给起了个名字，管这叫"讨饭歌"。　今天炊事班动作慢，大伙儿唱了好几首，里面还没弄好。

"再来一首《团结就是力量》！"中队长给大伙说。

"团结就是力量，

这力量是铁，

这力量是钢，

"……"大家唱得有点蔫。

"底气不足啊！再来一首。"中队长一点都不客气。

玉姗在厨房里听大家唱了一首又一首，心里着急，这人是铁，饭是钢，都饿着肚子，哪有底气唱？

吃饭之前，每个班先派个先遣部队来分菜，就是把大锅菜分成小锅菜，再放到每个班的饭桌上。林心蕾今天正好是她们宿舍的先遣部队，玉姗看见她就跟她说："炊事班还真有个帅哥呢。"

"哈哈，我没说错吧。动心了吧。"林心蕾笑话她。

"哪跟哪啊。你真狗嘴吐不出象牙。"

下午队长说是要带大家去参观部队生的内务。要说这除了练队列，最头疼的一件事就是整理内务了，软塌塌的被子非得整得有棱有角，玉姗每次都头大。最糟糕的是她还被区队长选做班副，专门管内务，检查被子有没有整好，窗户有没有擦干净。玉姗想辞了不干，又没那个胆，只好硬着头皮上。

这回到部队生营地参观可真是开了眼。部队生的确有一手，被子整得真就跟豆腐块似的。林心蕾忍不住摸了一下，这一摸不要紧，她摸着像是有纸板放在被子里面，她再摸了一下，几乎就可以肯定了。"哎呀，原来你们这里面放了纸板啊，怪不得这么挺。" 那个部队生有点窘，队长脸上也不太挂得住。

"这个其实也没什么啊，谁规定就不能放纸板呢。怪只怪咱们自己没想到这个好办法。"杨岩岩笑着说。她反应快，说起话来一套一套的。

晚上所有的人都要去三楼的小会议室看新闻，混和宿舍的严红因为眼睛刚做了激光手术，特批可以不用看。玉姗特别羡慕她可以呆在宿舍看书，而不是看无聊的新闻。 看完电视，大家洗漱一下，9点就是熄灯休息的时间，军号一吹，就熄了灯。9点睡觉是有点早，有一次周末大家闲得无聊，熄了灯以后还在聊天，黑漆漆的，大家决定玩诗词接龙。

"我先开始啊，凤笙休向月明吹。"电子系的严红开了头。

"怎么一开始就来这么难的。我都没听说过啊！"计算机系的莫小辉是个直性子。

"是李煜的《忆江南》，心事莫将和泪滴，凤笙休向月明吹。难才能透着咱们有学问嘛，哈哈。”

严红的爸爸妈妈都是北大的教授，从小就熟读唐诗三百首，她说她以前的眼镜是1000度，都是看这些乱七八糟的书看坏的。

“好吧，吹面不寒杨柳风。”物理系的小个子张秀明接了下句。

“风雪夜归人。”常铃马上接了句。

“人生到处知何似。”玉姗接了句。

“似曾相识燕归来，”喻飞接的。以“来”字开头的诗少，大家卡住了。

“来如朝露去如风。”过了一会，城环系的杨岩岩幽幽地说了一句。

“这个听着不对啊，这是谁的诗？”莫小辉又发问了。

“唐朝著名女诗人杨岩岩啊！”杨岩岩笑了。

大家都狂笑不已，正笑着，门给砰的一声踢开了。区队长王丽华黑着个脸，冲了进来：“你们还有点规矩没有，这里是部队，你们都是来这里改造的，北大的门还没进呢，自由散漫之风都学会了！谁先开的头？”

一阵沉默。

“我。”计算机系的李战蓉开了口。李战蓉是北京人，清华附中的，大大咧咧，有着北京女孩特有的爽快。据说她爸爸是个师级干部。玉姗心里暗地里佩服她。她一句话都没说呢。

“敢于承认还是不错的。”王丽华其实是个欺软怕硬的，知道李战蓉是有背景的，口气也软下来了。

“明天早上你到我房间里来。现在都休息了，不许再说话了！”

王丽华把门砰的一声又关上了。大家伙在黑夜里也都不说话了。玉姗觉得真有点漫漫长夜，其修也远兮。

三

周末大家可以去澡堂洗个澡。玉姗和林心蕾一人拿了个脸盆，脸盆里面放着香波，护发素，和换洗的衣服，一起去澡堂。澡堂是在部队生那边。要走一阵路，不过两个人结了伴，且说且行，一下子就到了。一进了门，里面人那个多啊，白花花的一片，林心蕾是锦州的，北方人，经常去公共澡堂洗澡，三下两下就把衣服全脱了。玉姗是南方人，以前从来没去过公共澡堂，站在那半天不动，林心蕾在里面招呼她，她还是不好意思。忽然看见混合宿舍的张秀明穿着小内衣和小裤子在里面洗，估计她也是不好意思。玉姗发现其实穿着衣服比不穿更引人注目，因为就你一个和别人不一样。玉姗一咬牙，把衣服都脱了，走进去了。

洗完澡，林心蕾和玉姗往回走，"你身材不错嘛，要曲线有曲线的。"林心蕾笑着跟玉姗说。"嗨，就你心思不正。在公共澡堂洗澡真别扭。"玉姗说。两人正说着，迎面看见四武踩着个三轮车过来了。四武看见她俩就停下来了。

"你去哪啊？"林心蕾问他。

"去食堂总部运白菜，今天晚上吃白菜粉条。"

"怎么又是白菜粉条啊，你们就不能变点花样？听说25队天天吃肉。我们队怎么伙食差这么多？"

"副队长要我买这个，我也没办法啊。"四武跟林心蕾说着话，不经意地打量着旁边的玉姗。玉姗却是一句话也说不出来，大家就说了再见。

"真是阳光啊，他要是北大的，我就爱上他了。"等走远了，林心蕾跟玉姗说。

"哎，你有没有发现他老盯着你看。"林心蕾又说。

"怎么会，乱讲。"玉姗心里有一点发慌。

"哎，你看那不是李战蓉吗？她旁边的男生是谁？"林心蕾拉了拉玉姗，玉姗一看，澡堂边上的草地上站着两个人有说有笑的，一个正是李战蓉，她旁边的男生高高大大的。

"挺帅的嘛，有点像吴奇隆呢。"林心蕾开始点评了。

"他们俩在干嘛呢？"玉姗问。

"那还能干嘛，谈恋爱呗。"林心蕾一咧嘴。

"北京的孩子胆子真大。部队可是不准谈恋爱的啊。"玉姗看见林心蕾还在看，推了推她："好了，走了，回头你也去找一个。"

"哪那么好找啊。"

"你不是有个高中同学老给你写信吗？"

"你是说叶城吗？有啊！他每周都给我写信，不会是喜欢上我了吧？"林心蕾的这个高中同学长得挺斯文，玉姗看过他的相片。

"那有可能啊，重要的是你喜欢他吗？"

"我也说不上。反正在这这么闷，一个男人都见不着，就算是解个闷了。"玉姗想，大概林心蕾从来没考虑过炊事班的战士。

晚上玉姗打了桶水，准备睡觉前先泡个脚，她一边看书，一边脚就往盆子里放。刚放进去，她就大叫起来："哎哟！"把书都扔得好远。

"太烫了！"再一看，她的脚已经是深红一片。

"赶紧涂点糖啊！"常铃说。

"开玩笑，怎么能涂糖，要涂油！"严红正躺在床上拿耳机听美国之音，看到这个情形，马上开口了。

"不会吧，我怎么听说是要涂一些醋啊。"莫小辉说。

"好了，你们是要做糖醋肘子吗！"杨岩岩说。

玉姗本来都要哭了，听她这么一说，又乐了。

"还是我带你去医务室，这个要感染了可不好。"杨岩岩说着，就背起了玉姗往外走了。

"我也跟你一起去。"常铃赶紧也跟着她们出去了。

那几天，都是岩岩背着玉姗上下楼梯，玉姗后来想起那一阵日子，心里就很温暖。

星期五的晚上是可以自由串门的时间，男生队女生队可以互相走动走动。正好这天轮到玉姗和林心蕾值班，已经有好几拨男生来值班室呼叫女生了。

"真羡慕他们北京的，那么多同学，我们学校就考了我一个北大的。"林心蕾坐在值班室叹气："怎么没有一个找我的啊。"

找常铃的男生最多，她是湖南师大附中毕业的，好几个高中同学都上了北大。她和那几个男生说得火热，玉姗也听了两耳朵。

"咦，怎么剃了个光头？"

"我们班全体男生都剃了个光头。"

"为什么啊？"

"那帮孙子总盯着我们的头发，说不能超过多长，我们一生气，都剃了光头，这下没话说了吧。"

正听着，心蕾拉了拉她衣角，玉姗顺着她的眼光一看，区队长王丽华正跟几个男生聊得火热呢。那几个男生用特别崇拜的眼光看着王丽华。"北大男生就这样啊，眼皮子真浅。"林心蕾颇不以为然。

刚说着，来了个高高大大的男生，目不斜视，径直走进29楼值班室，他问玉姗和心蕾："李战蓉在吗？"林心蕾忙呼叫战蓉下来。悄悄地又跟玉姗说："瞧，吴奇隆又来了，我说他们俩在谈恋爱吧。"

没一会，李战蓉从楼上下来了，两个人就在那开开心心地说起来了。再一看，王丽华把那几个崇拜者甩一边，也凑了过来。

"战蓉，这是谁啊，介绍一下吧。"王丽华话是说给李战蓉，眼光却一直在那个帅哥身上。

"这是凌晓峰，物理系的，23队的。"李战蓉说，未了又加上一句："我们俩从初中就是同学。"

"你好，我是战蓉的区队长。"王丽华说着，手就伸了过去。

那个凌晓峰只好也伸出手来。

王丽华这会整个换了个人，平时冷冰冰的脸，现在是灿若桃花，话也多了起来。不过那个凌晓峰好像不怎么搭她的茬。李战蓉倒是心情很好，笑容依旧。

玉姗和心蕾坐在那，偷偷地笑。

回到宿舍，玉姗跟战蓉说："战蓉，你遇到打劫的了。"

"好嘛！这样才好玩嘛！"李战蓉还是笑嘻嘻的。

"要说你和你中学同学青梅竹马，还真挺般配的呢。"玉姗笑着说。

"这样啊，回头我告诉他。"李战蓉开心一笑。

"要说这王丽华也真是个贪心的人，其实28队原来那个三区队长条件不错，追她追得好辛苦，可惜后来上Diao了。"杨岩岩在旁边插了一句。

"啊！就为她，上吊！"李战蓉眼睛都睁圆了。

"噢，是上调——升官了。"杨岩岩大笑。混合宿舍里笑声一片。

四

时间过的很快，每天这么三点一线，机械重复的日子一下就过了两个多月。又轮到玉姗帮厨了。玉姗这次去得早了一点，看见四武正坐在大好的秋光里看书。四武看见玉姗来了，把书收起来，放在桌上。

"来了。"他又笑了。

"嗯，今天做什么菜啊？"玉姗一边答应着，一边看了一眼那本书。是王朔的《过把瘾就死》。

玉姗有点诧异，她没想到四武也是个文学青年，不由的对他多了几分好感。玉姗一直爱好文学。高中文理分班的时候她其实挺想选文科的。但是班主任不同意，数学，物理都这么好，理科招的多，好考一些。爸爸妈妈也和班主任一个意思。她自己也不是特别有主意的人，就选了理科。但是一直偷偷地看小说。她倒不喜欢琼瑶、亦舒的小说，但是对王朔特别钟情。王朔的小说基本都看了遍。这本《过把瘾就死》是新出来的，她还没看。

炊事班长李栓要玉姗帮忙削土豆皮。玉姗不是个特别利索的人，削了半天，才削了一小堆，她心里有点急。手里速度加快，唰一下一不小心把大拇指的指甲削去了一小半，生疼，玉姗差点没疼出眼泪，再一看，血还在流呢。四武哎呀叫了一声，忙进去拿了个创口贴，一把拿起玉姗的手就把创口贴贴上去了。玉姗碰到他的手，心里怦了一下，脸上很不好意思，口里还是说谢谢。四武说："你歇着吧，剩下的我来削。"

玉姗只好站在他旁边。看他低着头忙，玉姗就跟他搭着话："你喜欢王朔的小说啊。"

"嗯，高中就喜欢。"

"你高中怎么不考大学？"

"差几分，没考上啊，你以为个个都像你们？"

玉姗觉得自己的问题真有点傻，愣在那又说不出话了。四武看了她一眼，又笑了："你也喜欢王朔的小说？"

"嗯。"

"我还差几页，过两天看完了你拿去看。"

"啊，那太好了！"

晚上洗漱的时候，玉姗左手特别不利索，可是心里想到那是四武给她缠的创口贴，想到下午和他短暂的近距离接触，心里有点麻麻的。

这天是周末，大家都在宿舍里无所事事，物理系的张秀明突然捂着肚子，叫了起来。

"怎么了？"混合宿舍的几个人都凑了过来。

"不知道啊，就是肚子疼得厉害！"张秀明是农村孩子，平常特别有韧劲，这会看她额头上都是汗，看起来一定是疼得不轻。

"走，我陪你去医务室看一看！" 李战蓉扶起张秀明往外走，莫小辉也上去扶着她。

"你们这是去哪呢？"王丽华站在队门口问。

"张秀明病了，我们得送她去医务室。"李战蓉说。

"周末没有队长批示，谁也不得出外，你不知道这规矩吗？"王丽华盯着李战蓉。

"可是这是特殊情况，张秀明疼得不行了，队长现在不在这，等她批还得等到什么时候！"李战蓉有点急。

"不行，规矩就是规矩，你们现在是部队的人，就得守部队的规矩！"王丽华还真跟李战蓉抗上了。

玉姗心里很不忿，心想王丽华肯定是把李战蓉当情敌，这会子找个机会要给她颜色看看呢。

"我们是北大的人，只是暂时到部队训练。再说你们部队就没有一点人道主义吗？"李战蓉火了。声音也大了起来。周围已经围了好些看热闹的人。

"我说不行就不行！你们今天出了这个门，就别想进北大的门！"王丽华俨然是气势汹汹了。她站在门口，气势凌人。

"你算老几，北大的门是你说了算的！今天我还偏就要出这个门！"李战蓉嘴一撇，扶着张秀明从王丽华身边就出去了。莫小辉也跟着一起出去了。玉姗心里暗暗称快！再一看，王丽华脸都青了，几个看热闹的人赶紧溜回宿舍。

后来大家才知道，王丽华把这事闹到大队去了。亏得六大队李政委是个识大局的，这事最后才不了了之。

这天轮到玉姗值夜班。玉姗最怕的就是晚上值夜班，她真想不出来哪个缺德鬼定的这规矩。晚上睡得好端端的，要起来值夜班，每两个小时轮一班。这天不巧她是后半夜值班，她正睡得香呢，有人轻轻喊她，一看是张秀明："该你值班了！"玉姗好不容易睁开眼，穿上衣服哆哆嗦嗦地跑到值班室，另一个当班的是莫小辉。

两个班的人开始交接，张秀明开始背诵值班员职责，第一条之后，第二条完全重复第一条，第三条还是一样，玉姗觉得不对劲，再看看莫小辉一本正经的样子，她也就忍住没问了。

交接完了，玉姗问莫小辉："你知道张秀明刚才背的五条值班员职责一模一样吗？"

"嘘，知道，天机不可泄漏啊！"

"张秀明是记不住了还是故意的？"

"管它呢，睁只眼闭只眼，咱们自己人不为难自己人。"

"嗯，真好玩。"

"你知道昨天吃肉卷，三区队有个女生一口气吃了18个！"莫小辉说。

"不会吧，吃那么多，晚上还能睡觉吗？"

"真的，据说还揣了两个回宿舍。"

"这么能吃啊。不过你不觉得大家都挺能吃的吗？你不觉得我胖了吗？"玉姗问。

"好像是啊，我觉得自己也是胖了不老少。上次我寄咱们的合影回家，我妈找了好半天才找着我。"莫小辉说。

马上就要放寒假了，大家心里都挺想家的，玉姗听说还有女生躲在被子里哭，她倒不至于此，不过还真的是盼着回家。这天吃完饭，她往回走，听见有人喊她的名字，回头一看居然是四武。

"你们要回家了。这是一包信阳毛尖和一包河南焦枣，你带回去给你家里人尝尝。"

"啊，这……太谢谢你了。"玉姗挺感动的，都不太会说话了。

"对了，王朔那本小说真好看，我们宿舍几个女生在传着看，回头我再还你啊。"玉姗好不容易找了个话题。

"不急的。你回家多保重啊。"四武笑了笑，转身就走了。

玉姗站在那，心里头热乎乎的。

信阳这个鬼地方到哪都没有始发车，陆院把一车子人卸在火车站就算完事了。回四川的火车是半夜的，杨岩岩是广东人，也是后半夜的车，两个人就在那聊开了。玉姗没想到岩岩看过的书那么多，两个人从小时候看的连环画到金庸，从茨威格到马尔克斯，瞎聊了一通，觉得颇有惺惺相惜之感。玉姗的火车到了，杨岩岩和24队的几个男生帮忙把玉姗从窗户里塞进去。那天下着雨，玉姗上了车，才发现鞋子袜子在烂泥里泡了半天，湿漉漉的。想来两个人光顾着聊天了，都没注意到在烂泥里泡了好几个小时。

玉姗过年的时候和高中同学去给老师拜年。班花张莉一看她就乐了："天哪，你这都胖了三圈！原来单单瘦瘦的姑娘成了白胖子了！"

玉姗笑了："这军校还真是个养人的地方啊！"

五

寒假过后回到信阳，大家说起来，经历都差不多。"我从90斤长到110斤。我妈愣没认出我来！"严红说。

"还有一件事，你们知道吗？"严红往宿舍窗外张望了一下："今年是北大军训最后一年！明年就取消军训了！这个是内部消息，你们要保密啊！"

"啊！王丽华还说明年理科生移到济南军校去军训，那里条件好！"常铃说。

"听她瞎说！你们知道为什么吗？"严红又压低了嗓子。

"主要是因为军训，北大招生分数线都低了。还有，石家庄陆军学院有个男生自杀了！"

"啊！为什么啊？"张秀明睁大了眼。

"据陆院说是为情而死，但是这事说不清楚。据说是射击训练的时候特意留了颗子弹。"

"唉，怎么觉得自己是被人遗弃了的孤儿的感觉。"张秀明蹦出了一句。

自杀的校友，最后一届军训生，那天大家感慨唏嘘了好久。

寒假回来没多久陆院下了通知，说是要队列比赛，每个中队派二个班。29队挑了一班和十一班，混合宿舍的杨岩岩本来是二班的，因为她个子匀称，就换到一班。每天天还没亮，队列班就爬起来去练操，玉姗躺在被窝里，心想："还是做落后生比较舒服。"不过她高兴得太早了，区队长把高个子和矮个子都换到二班，二班成了最高矮不一的，每次走队列费劲不说，没少挨王丽华的骂。最可气的是，二班不练队列，就被打发去喂猪。喻飞是城市来的孩子，以前没干过这个，笨手笨脚的不小心就把猪食洒身上了。喻飞老大不高兴。严红安慰她："全世界既懂物理，又会喂猪的高端专业人才，也不过你们前后几十人，忒珍贵！"她这么一说，就把喻飞逗乐了。

晚上杨岩岩回来眼睛湿湿的。

"怎么了？"玉姗问。

"区队长今天又训斥我了。 说我一只脚高，一只脚低。"杨岩岩低着个头。

"你们练得这么辛苦还骂你。你得罪她了？"李战蓉问。

"也不是，我们队列班的人她都训了个遍。她妈的，我这一辈子挨的骂都没这么多。"

"哎，真不容易，你们起的那么早，回得那么晚。"莫小辉说。

第二天杨岩岩坐在那，把一个鞋垫拿了出来："这回不会说我一脚高一脚低了吧。"她自言自语。

到了第二天晚上练完队列，林心蕾哭了。林心蕾每天都开开心心的，玉姗还从来没见过她哭，站在那也不知怎么劝她。据说这回王丽华说是她的头老是乱动。心蕾还真是个较劲的人，第二天拿了个大头针别在衣口，迫使自己头不乱动。

比赛那天，一班的姑娘们特别争气，队列比赛得了全大队第一名，可是十一班得的名次不太好，这样两个班总和29队排名第二。30队得了第一。结果她们回来又是好一顿哭，玉姗想想她们这一个多月受的苦，流的泪，真为她们不值。

队列比赛了之后陆院又要组织篮球比赛。总之就是变着花样不让这帮人闲着。

篮球队的训练开始了。李战蓉和喻飞个子高，都选上了。

李战蓉那天回来，就开始现场直播："你们知道吗，区队长王丽华一直跟着，后来居然要主动上场。"

"一准你高中那个帅哥在！"玉姗说。

"可不是啊，总想往凌晓峰那凑！"

"吃醋了吧！"玉姗问李战蓉。

"那倒没，谁怕谁啊！"李战蓉还是一脸的满不在乎。

训练了几个星期就开始比赛了，篮球比赛是五大队对六大队。每个大队都是男女混合，要求必须有两个女的。这次可是热闹，两个大队的人都去篮球场看比赛。男生女生终于有机会坐在一个地方，不过也无太大意义，因为基本上就是零交流。玉姗被挑了在那记分。每次六大队一得分，她就欢天喜地上去记一分，高兴得跟什么似的。场上比赛高潮迭起，比分追得紧，场下两个大队的啦啦队也是卯上劲了，一个队比一个喊得高。玉姗觉得嗓子都快喊哑了。最后六大队险胜，玉姗高兴得差点没蹦起来。

散场的时候，玉姗在收拾小黑板，有个男生匆匆走过来，递给她一张条："同学，这个是给你们队的喻飞的，拜托了！"小男生匆匆走了，玉姗看那个叠得方方正正的条，心里觉得很好玩，自己还能鸿雁传书了。

回到宿舍，玉姗把条给喻飞："喻飞，你这有个崇拜者啊！"

"你怎么知道，你看了吗？"喻飞一说话就把玉姗呛着了。

"我没有啊……就是猜……"玉姗觉得自己都不会说话了。

喻飞接过条，随便看了一眼："无聊！"说着就把条扔垃圾桶了。

"哎哟，可怜的小男生。喻飞你太不配合了。我中学一个同学在石家庄军训，他们队有一对谈恋爱的，整个队都给他们打掩护，传纸条呢。"严红说。

"哪个系的？怎么谈啊？"莫小辉问。

"听说是商学院的。关键他们22中队是男女混合队，住在同一栋楼，平时敲墙壁，敲三下，我爱你！"严红半真半假地说。

"得，人家得天独厚，咱还是断了这个念想把。"莫小辉一咧嘴，笑了。

"哎呀，我的一个老乡也是商学院的，结果通知书写错了，要他到信阳军训，等他跑到石家庄，22队已经满了，只好安排到24队。本来能进混合队的，没把他气晕。"常铃接过话头。

"不知道这一对能不能成啊……到时候说起来整个队都帮他们谈恋爱，多好玩啊。"严红还在念叨着。

晚上吃完饭，有一个放松时间，玉姗和林心蕾又在附近转了转，两个人边走边聊天。

"你知道吗，男生队有个人告病假回家，不来军训了。"林心蕾说。

"胆子这么大？"玉姗很吃惊。

"是北京的。"林心蕾说着，突然压低了嗓子说："你知道吗，27队有一对同性恋。"

"真的啊，你听谁说的？"玉姗觉得这个真有点怪怪的。

"我们宿舍聊天的时候听她们说的，说是其实主要是其中一个男的有意思，另外一个男的其实并无这个意思。"

"唉，要说部队这个地方，荷尔蒙过剩，男女又授受不亲，不出同性恋才奇怪呢。"

"对了，我那高中同学给我寄了一盘CD，孟庭苇的《冬季到台北来看你》，我听了好多遍，我唱给你听啊。"

　　街道冷清心事却拥挤

　　每一个角落都有回忆

　　如果相逢也不必逃避

　　我终将擦肩而去

　　林心蕾唱歌好听，声音清柔，和她平时说话大不一样。玉姗听着，看天边的月亮黄融融地挂在枝头上，却忽然想起了四武，她觉得这可真有点荒唐。

六

　　又到了值夜班的时间了，这次轮到玉姗和李战蓉。

　　"我听说男生队有人打死了一条蛇，帮厨的几个煮了吃了。"战蓉说。

　　"真的假的，太瘆人了吧。"

　　"要不我打电话给男生队证实一下，敢不敢？"

　　"打就打，谁怕谁？"玉姗不是个胆大的，但是还特有反骨。

　　李战蓉还真就拨通了23队的电话："喂，你是物理系的吗？"

　　"是啊！"还真搭上话了。

　　"听说你们队打死了一条蛇，煮了吃了，真的假的。"

　　"是啊，听说还是在操场和营地之间的涵洞里发现的。"

　　"太牛了，你们不怕啊？"

　　"不是我干的……"那边的男生像是个老实头。

"对了，你们队的凌晓峰在吗？"

"不在啊！这个点都在睡觉啊。"

李战蓉跟那边值夜班的男生聊得起劲，玉姗心想，原来她是想找凌晓峰聊天啊。玉姗真心佩服李战蓉，北京的妞就是潇洒，那句话咋说的，爱谁谁。

好不容易把两个小时熬过去了，玉姗把值下一班的同学叫醒，自己接着又睡，可是总也睡不踏实了。总算是闭上了眼，突然听到斜下角的常铃大叫一声"到！"估计她这是做梦呢，梦见点名了吧！这一下好几个人都给吵醒了，大家小声说了几句，又都不说话了，玉姗在黑夜里翻来覆去，再也睡不着了。

第二天练队列的时候几个人精神都不太好，区队长很生气："你们练得这么差，这个周末不许洗澡了！"玉姗是南方人，在家里每天晚上都要洗澡，在这一周才能轮一次，已经很不习惯了，就这个还要给取消了，心里甭提多郁闷，大家都很生气，但是也只能敢怒不敢言。

下午上语文课，上课的是个矮胖墩老师，每次上课前也是要唱个歌，李战蓉是区副，每次都是她起歌。

"起来，饥寒交迫的奴隶，起来，全世界受苦的人！"李战蓉起了《国际歌》。她面色凝重，唱着唱着，就站了起来。

杨岩岩接着站了起来。

"满腔的热血已经沸腾，要为真理而斗争！"接着是莫小辉站了起来。

玉姗觉得自己的眼角湿润了，她腾的一下，也站了起来。

"旧世界打个落花流水，奴隶们起来起来！"

一个一个，整个屋子的人都站了起来，她们眼里含着泪，一起高歌：

"这是最后的斗争，团结起来到明天，英特纳雄耐尔就一定要实现!"

多年以后，玉姗每次想起那个下午，那个情景，眼眶都忍不住会湿润。那天下午的阳光很灿烂，透过窗户，一线一线的光柱里，灰尘在旋转。那些年轻不屈服的心，紧紧地绑在一起，一起呼吸着空气里的灰尘，空气里的颤抖。

没过多久，中队长就开始说野营拉连的事。据说要走800里，为时15天。从现在起，每天要长跑，为的是加强体能。林心蕾每次跑得气喘吁吁，玉姗倒还好，不过她最怕的是紧急集合。那天刚躺下，就听到哨子吹得一声比一声紧。玉姗慌慌地下床，黑夜里不知道踩了什么，还在寻思，就听见张秀明大叫一声"哎呦"。原来是踩了她的脚，玉姗忙说着对不起，赶紧就往外冲。又听见前面的张秀明说："糟糕，忘了系腰带!" 她马上又折回去，再出来，人都齐了，就缺她一个。王丽华厉声说："张秀明，你怎么这么慢?"张秀明答不上话。"赶紧归队!"张秀明忙走进队伍，心里生气，忍不住白了一眼王丽华。"张秀明，你拖区队后腿不说，还翻白眼!回去写份检讨!" 张秀明又羞又气，眼泪都要出来了。

区队长要求张秀明在区队开思想会的时候在全区队的人面前念检讨，张秀明面无表情地把检讨书念了，又面无表情地回到自己凳子上。玉姗看她的样子，心里真为她难过。

那天晚上吃过晚饭，张秀明一直没回宿舍，快9点了，她还没回来，混合宿舍的人有点慌了。

"秀明去哪了? 她今天帮厨吗?"战蓉问。

"好像没有啊！"

"不行，都这个点了，我们得跟队长说一下了。"战蓉直接跑到中队长房间，跟她说了一些情况。

"马上去找人！你们一区队的人分成四个组！分头行动！"

玉姗，心蕾，还有喻飞一组。她们先跑到医务室，上次张秀明生病，回来说医务室是个挺亲近的地方。没有。又跑到教学楼，还是没有。几个人溜了一大圈，也没见她踪影，决定先回29队看看。回到宿舍，一看，张秀明回来了，坐在床边，几个人都围着她说话呢！

"你去哪了？大家好着急！"喻飞特别高兴，脸上都是笑，玉姗觉得她笑起来真好看。张秀明看看周围问长问短的同学，哇地一声就哭了起来。哭了好一阵，大家都跟着挺伤心的。

"我跑到打靶的场地那边了，一个人躺在那看星星看了半天，突然觉得因为检讨这件小破事去死挺不值的。虽然上次区队长不让我看医生的时候我就很难过，觉得她以貌取人，瞧不起我是农村来的。"张秀明一边哭，一边说。

"就是，太不值了。其实我还想跟你说，你那检讨文笔真不错呢。"喻飞平常话不多，这次倒是说了不少话。

"要是你死了，中国文坛可不得少颗新星！叶城给我寄了一本《曼哈顿的中国女人》，写得那么差还能畅销，你回头也写一本。"林心蕾说。

"要说军队这地方，就是不尊重人，那次检查内务，我叠的被子不整齐，区队长居然把我的被子从窗户扔出去。我当时就发誓回北大四年不叠被子。太伤自尊了！"莫小辉一边安慰张秀明，一边也是黯然神伤。

这天大家正在练队列，区队长说："陈玉姗，出列！"玉姗心里吓了一跳，心想自己犯了什么事啊。

"你爸妈来看你了，赶紧回宿舍吧！"玉姗心里那个高兴啊！

爸爸妈妈的单位组织出去玩，本来妈妈最不喜欢坐车了，可是想到能到信阳看玉姗，也就来了。玉姗领着他们去食堂吃饭。还没到吃饭的时间，玉姗跑到厨房，四武正好在那。

"我爸妈来了，你们有什么吃的吗？"玉姗问。

"噢，只剩下一些萝卜丝包子，我给你热一热。"四武忙动手去开火。

"谢谢你了！"

那包子妈妈才吃一口就不想吃了："太难吃了吧。"

"哎呀，这可是好东西，你不吃我吃啊！"玉姗拿过包子，大口吃起来，再一看妈妈在抹眼泪："这么难吃的东西你吃得这么香，你们在这真受苦了。"

"没有那么糟糕吧……你看，我们都胖了呢。"很多年以后，玉姗回想起来，觉得陆院的东西的确不难吃，不难吃啊！

七

正式的野营拉练开始了！

第一天是坐车，大家上了车，部队兵们敲锣打鼓，把大家送出了院门。那种军用的卡车，够颠簸的。林心蕾一路在唱歌给大家鼓劲，玉姗最喜欢那首《追梦人》：

　　让青春吹动了你的长发，

　　让它牵引你的梦，

　　不知不觉这城市的历史已记取了你的笑容……

　　大家不觉也跟着心蕾哼唱了起来。满车的绿军装的少女们，满眼的天真和烂漫，那美好的旋律揉进了飞扬的尘土里，经久不息，沿途的景致也好似涂上了一层多情。多年以后，玉姗依然记得那一张张灿烂的笑颜，还有那笑颜里一丝丝的青涩。

　　那天区队长给心蕾评了个最佳拉拉队员。

　　第一天到的地方叫罗山，晚上驻扎在一个农村的小学校。一个区队睡一个教室。　泥土房间，大通铺，大家都睡地上——除了王丽华。她一个人睡课桌。心蕾悄悄跟玉姗说："她可真做得出来，别的区队长都睡地上。谁不知道睡地上潮啊！"

　　第二天就都是徒步了。每个人背着自己的被子褥子，水。一开始大家都还挺新鲜，看路边的野花，看房屋，看那些来看热闹的村民。孩子们的小脸黑乎乎的，他们满眼惊奇地看着这一支队伍。慢慢地都走得有些累了，入了山路，大家都有点乏了。突然看到前面有三个同学在路边打快板。心蕾说："中间那个不是杨岩岩吗！"玉姗一看，可不是。你别说，她快板打得还挺像回事。原来她们是先遣文宣队，给大家鼓劲呢。

　　这天走了一整天，大家都走乏了。晚上，玉姗倒头就睡。天快亮的时候，听见区队长在叫："该谁值夜班了！怎么没人值班！"晚上还是轮流值夜班，但是是坐在自己的铺盖上。估计某位同学太困了，值着班的时候倒头就睡了，没喊下一位，结果整晚上都没人值班了。最后一直也没弄清楚这接力棒在谁手里掉的，不过大家都觉得赚了，逮着个机会睡了个安稳觉。

　　第二天夜宿焕先小学，晚上居然安排看电影。大家打着手电走田埂路去坡底下看电影。电影不咋地，说的是一个修伞的收养了一个遗弃的婴儿，叫臭臭，里面的插曲是《爱上一个不回家的人》，倒是挺好听的。回去的路上，玉姗抬眼看天空，天上的星星格外得亮，田间的蛙声也格外得响，严红来了兴致："这个真是'七八个星天外，两三点雨山前，稻花香里说丰年，听取蛙声一片。'"

拉练第三天的时候玉姗的鼻子开始流鼻血，堵上了，刚好，又开始流。区队长这次倒是通了人情，让玉姗跟着炊事班走。炊事班的人都坐卡车，因为要提前到一个地方架锅子煮饭。玉姗想到要和大部队分开，心里不太高兴，但是想到能和四武在一起，心里又有点莫名的高兴。炊事班驻扎在一个茶园，玉姗一看四武和高明生正在生火呢，这个是野外，生火还真不容易。

"我能帮点什么吗？"玉姗说。

"你怎么来了？"四武看见玉姗，很高兴。

"我老流鼻血，区队长照顾我，不用自己走路了。"

"那你歇着啊，我们忙得过来。"四武说。

玉姗一看，自己也帮不上什么大忙，就坐在旁边。

"班长能留下来吗？"玉姗想起李栓要复员的事。

"好像不行，现在名额都特别紧，你们走了以后，他也要回老家了。"高明生叹气，大概想起他自己也会如此。

"噢。"玉姗感慨，但是也不知道说什么好。

"那你呢？"她问四武。

"我还有一年半复员，我大概也是回老家吧。"四武回说。

"噢……"玉姗心里有些惆怅。

"你们都是些幸运的人。尤其是你，人聪明，又好看。"四武抬起头看着玉姗。

"你真会说话。"玉姗笑了。

"你笑起来的样子真好看。"四武看着她的眼睛，又接着生火。玉姗心里怦然一动。

下午玉姗就躺在一棵茶树下休息了，小风吹着，还真挺美。

傍晚的时候大队伍来了。林心蕾一见着玉姗就说："哎呀，今天入城的时候，两边的人夹道欢迎，又是敲锣，又是打鼓，可热闹了！可惜你错过了。"

"错过就错过吧，人这一辈子要错过的东西多了。"玉姗说，心里想起了四武。

白天走得累，晚上大家都格外能吃，每个班的先遣部队都使出牛劲去抢不多的米饭，除了一班。王丽华很生气，把大家拉出来集体训话：

"瞧瞧你们这点出息，一点米饭也要抢，还就是一班高姿态，这盆米饭就奖励给一班！"

大家挨了训，蔫蔫地回去接着吃饭。林心蕾悄悄地把那盆饭端过来给玉姗："给你们班吃，知道我们为什么不抢吗？我们班几乎都是北方人，不爱吃米饭。"玉姗差点没笑掉大牙。

一天一天的长途跋涉，好似大同小异。最难忘的还是那天爬鸡公山的时候，正是人间四月天，山上到处是一簇一簇红艳艳的映山红，旁边的溪水清亮，潺潺入耳。那天正好起了雾，一路的绿色人马在山间，在雾里穿梭。如风的少年们，雾里云里地一路跋涉，到了山顶，看青山瑟瑟，雾起林间，那种淋漓尽致的畅快和一览众山小的豪情壮志在每一个人心中荡漾。

下山亦是一路通畅，大家突然都有了劲，脚下生风，一个比一个走得快。那晚是夜宿785仓库。晚上六大队所有人聚集在一个礼堂看表演，最搞笑的是30队的一个小品，《回家》，据说反串妈妈的是一个奥赛金牌得主，演得很逼真。最难忘的是计算机系的几个男生组了个备用轮胎的乐队，那首《备用轮胎》特别打动人。

林心蕾说："看起来北大男生还挺有一把刷子的嘛。"

"是啊，那几个唱《备用轮胎》的人是谁啊？才华横溢啊。"喻飞说："好想去问他们要歌词。"

"晚上咱们溜到男生营地去问问？"李战蓉提议。

"哈，你是想去看看你的凌晓峰吧。"莫小辉说。

"也是，一举两得啊！"李战蓉倒是痛快。

"我和你去！"喻飞那冰美人的架子一点也没了。

天断黑了，李战蓉和喻飞两个人偷偷溜出营地，转到28队，两个男生在值夜班，正拿着一把刺刀开肉罐头呢，　一看见两个女生走过来，有点傻眼了。

"好家伙，开小灶啊。"李战蓉笑嘻嘻的。

"哎哟，同学多包涵包涵。"那个小男生也乐了。

"没事，我们不会打小报告的。你告诉我们那个唱《备用轮胎》的同学是谁啊？能帮我们要一份歌词吗？"李战蓉说："还有啊，你去帮我把物理系的凌晓峰叫出来。"

"没问题！"小男生屁颠屁颠地去了。

过了一盏茶的工夫，那个男生回来了，手里拿了张纸，写着歌词，说是没看见凌晓峰。战蓉有点失望，不过拿到了歌词，倒是高兴，二个人千谢万谢，就往回走。回去的路上喻飞听到小河里有动静，她一看，吓了一小跳，原来河里有几个男生在游泳，战蓉再一看，乐了："好家伙，他们几个在裸泳呢。"喻飞再一看，可不是，估计是觉得天黑，没人看到。"看我的。"李战蓉抄起一块小石头，往几个男生那扔了过去。石头落在小河里，溅起一片水花。

"谁啊！"那几个男生有点慌。李战蓉和喻飞笑着跑了。

"哎呀，想起来了，咱们应该把这几个男生的衣服偷走，看他们怎么回去。"李战蓉笑说。

"算了，放他们一马了。"喻飞笑着说。

回到营地，莫小辉正在大叫哎哟，原来她脚上长了好几个水泡。

"这个要挑了，把脓水都放了，才会好。"张秀明说。

"啊！那得多疼啊。"莫小辉张大了嘴。

"不挑更疼，来，我给你挑。"张秀明说着就拿起小辉的脚："你忍着啊！"

"乖乖，八个水泡，回去可以吹牛皮了。"莫小辉疼得直咧嘴。

最后几天，大家都是在硬撑着，当这支队伍终于一步一步走回到信阳陆军学院的门口时，大家突然都好激动，对着大门一起喊："我们回来了！我们回来了！"

八

在信阳还剩最后两个月了，大家开始练团体操，据说国家教委的人要来检阅。队里要求每个人都买一件红T恤。 每个人要自己出20块钱。

"凭什么要我们出，他们上头要检阅，我们练团体操，还要自己出钱，什么道理吗？！"常铃在宿舍里开始抱怨。

"就是，我们每个北大生，国家教委都贴了钱给陆院，凭什么要我们出。不出！"莫小辉也是个硬骨头。

"我也不出！"常铃说。

区队长把她们两个一个一个找去说话，据说是软硬兼施，威胁加呵斥，但她们两个还真铁了心，就是不肯出。玉姗没想到她们两个这么硬气，心里佩服，虽然自己不敢顶。

最后队长和区队长一合计，所有人都不用出钱了，都由队里出。

"你们太厉害了！"李战蓉平常很少夸人的。

"北大人的风骨啊！这个我要给你们记一笔！"严红一直在记英文日记，估计这事她要写到她日记里了。

"你的英文真好啊。"张秀明由衷地说。

"我这不算啥，据说25队好几个人请假回北京考托福呢。"严红就是信息灵通。

在信阳的日子只剩最后几天了。

各个队都在排练最后的演出--大合唱。一天晚上，队里把三个区队的人都拉到大教室练歌，刚开始唱第一首歌，灯灭了。

"停电了！"黑暗里有人说，马上开始有人吹口哨，玉姗听出来是常铃的声音。二区队那边开始有人跺脚，三区队的人也开始应和着敲桌子。黑暗里有人开始大声叫喊。

"都给我安静，安静！"中队长着急了，可是她的声音马上给更大的声音盖掉了。大教室像是炸开了锅，黑暗给了所有人黑色的力量，叫喊声，尖叫声，敲打声，跺脚声混合在一起，玉姗觉得自己进入了一种亚癫狂状态。不过这帮军队的也不是干饭的，马上把所有的人都拉出去，各个区队带回各宿舍。

宿舍里一样的黑。

三楼传来了歌声，是崔健的《一无所有》："我曾经问个不休，你何时跟我走，可你却总是笑我，一无所有！" 三区队的姑娘在宿舍里大声地吼。

二区队在二楼，马上也开始唱起来了，她们唱的是《喀秋莎》："喀秋莎站在峻峭的岸上，歌声好像明媚的春光。"

"来，来，来，我们也唱！"李战蓉开了《跟往事干杯》的调："干杯，朋友就让那一切成流水，把那往事当作一场宿醉；举起杯，跟往事，干杯！" 这离歌忧伤又沉重。 最后整个楼的人一起合唱《国际歌》。《国际歌》的低沉和悲愤特别适合这样的场景。那一夜，大家唱到睡觉的点才不唱了，嗓子都哑了，好像要把一年的压抑和郁闷都要在这一晚唱尽。

正式演出的那天到了，大家在大礼堂汇演，最后一个节目是大合唱《再见了，信阳》："再见了，军校！再见了，信阳！"玉姗唱着那歌，突然想起了四武，她心里忽然起了一种悲伤，眼睛也湿润了。

林心蕾就站在她旁边："要不今晚上我陪你去和他道个别。"

"嗯。"玉姗想，也就是林心蕾知道她的心思了。

晚上两个人趁着黑，偷偷地溜出了宿舍，走到了炊事班的营房后面的小树林里。

"我去把他喊出来，你在这等着啊。" 林心蕾蹑手蹑脚地进去了。过不久，林心蕾就出来了，后面跟着四武。

"你们有什么话赶紧说，我给你们把风啊！"林心蕾说着就特意走远了。

两个人站在那，却是不知说什么好。

"你要回家了。"四武开了个头。

"是啊。"玉姗接过话。

"你们马上要回北大了，正式的大学生活肯定比现在有意思。"

"大概是吧。"

"你是个可爱的姑娘。这一年我的日子好像过得有些盼头了。"四武像是鼓足了勇气："我知道我们是两个轨道的人，但是……我真的很喜欢你……"

"谢谢……"玉姗想说她其实也是喜欢他，想着他，但是，她好像不太说得出口。

"这是一套王朔全集，送给你。"四武把一个袋子递给她。

"谢谢，我实在想不出送你什么好，这个给你。"玉姗拿出一本精致的日记本，扉页抄录了一首席慕容的《青春》：

> 所有的结局都已写好
> 所有的泪水也都已启程
> 却忽然忘了是怎么样的一个开始
> 在那个古老的不再回来的夏日

无论我如何地去追索
年轻的你只如云影掠过
而你微笑的面容极浅极淡
逐渐隐没在日落后的群岚

遂翻开那发黄的扉页
命运将它装订得极为拙劣
含着泪我一读再读
却不得不承认
青春是一本太仓促的书

"谢谢，喜欢这首诗。"四武认真地念了这首诗，脸上浮出了淡淡的笑容，似乎还有一丝淡淡的忧伤。

"喜欢就好。"玉姗看着他的笑容，心里起了一种惆怅和忧伤。

又是一阵沉默。空气里有一种细微的离愁。

"我……我……可以抱一下你吗？"四武轻声地说。

"嗯。"玉姗点头。

四武轻轻地把玉姗揽入怀，玉姗站在那，轻轻地靠在他的肩头，她闻到了一种味道，一种她说不上是什么味道的味道。她轻轻地呼吸着那种味道，她知道，这是第一次也是最后一次呼吸着这样的味道了。

"时候不早了，你回去吧。"四武轻轻地推开她，又轻轻地笑了。

"再见，四武！谢谢……"玉姗抬头看他的脸，他挺直的鼻梁，那一刻，她觉得那样好看的笑容是永远也忘不了的。

　　他和她之间似乎什么也没有，但是他的身影却陪伴了她一整年，她和他之间有一堵无形的墙，她大约是没有勇气逾越的。她知道她只能把他珍藏在心底，在一个静悄悄的角落里。

　　告别的日子到了。

　　李战蓉是最早一批离校的人。

　　"来，姐妹们，拥抱一个吧！"混合宿舍的几个人抱在了一起，玉姗觉得鼻子有些酸。

　　"好了，咱们北大见！"李战蓉拿起行李，转身就走，玉姗清楚地看见了她湿润的眼眶……

　　玉姗是最后一批走的人，她轻轻地摸着那床，那桌子，房间里空荡荡的，八张床上干干净净的，什么都没有，就像她第一次走进这个宿舍一般。

　　陆院还是用军用卡车送他们到火车站。车里坐着各个中队的队员，有男生有女生。大家坐在车上，看信阳陆军学院越来越远，直到消失在视线里。车里是一片沉默。夜色里，车子穿行在信阳的陋街上，这个依然陌生的城市啊。不知道谁突然唱起了罗大佑那首《恋曲1990》：

　　　　乌溜溜的黑眼珠是你的笑脸
　　　　怎么也难忘记你容颜的转变
　　　　轻飘飘的旧时光就这么溜走
　　　　转头回去看看时已匆匆数年
　　　　……　……

　　车上的人都一起唱了起来：

> 轰隆隆的雷雨声在我的窗前
> 怎么也难忘记你离去的转变
> 孤单单的身影后寂寥的心情
> 永远无怨的是我的双眼

那一段轻悄悄的旧时光啊，玉姗也跟着大家一起唱，转瞬之间，眼泪已经悄悄滴落在绿色的军装上。

(全文完)

后记：

生命里有一些东西，是埋在我们血液的最底层，只有经了岁月的倒腾才能浮出水面。想一想，那都是二十多年前的事了，时光的流逝是如此的不近人情。北大92群刚建起来的时候，同学们聊的最多的不是燕园的四年，倒是军训的那一年。我所在的29队一区队单独起了个群，姐妹们在一起分享着军训那一年的故事，上传了一些珍贵的老照片，几次看得我眼眶湿润。

那一年到底是怎样的一年，也许不再重要，重要的是那一年给我们留下了或深或浅的烙印，隔着多少岁月，都能看出痕迹。也许那一年的意义就是遇见，然后在多年后重逢那个年轻的我，重逢我们青春的见证人。那是最坏的一年，也是最好的一年。那一年，让我们在多年以后到了天涯海角也可以互相取暖，可以一起携手组团跑步。

那一年埋下了一颗不安分的种子。军训之前，我们是天真的乖乖娃，那一年的历练让我们长成今天的这个样子，微笑的背后有一丝倔强，顺从的背后有一些叛逆，而这些，也许是我们自己都没有意识到的，因为岁月的改变是如此的不动声色。

　　以前看知识青年下乡的回忆录，没有太多共鸣，但是写这篇小说的时候我突然就懂得了。这篇小说一开始是要写一个爱情故事，但是我意识到那一年战友的情谊远远超越了爱情的意义，我于是淡化了爱情故事，把爱情故事变成了一条细线，更多的是记录那一年的点点滴滴，记录我们的青春，我们曾经的欢笑和泪水。

　　最后，附上我的一首小诗，题目就是《绿色之恋》：

苹果绿，草绿，青瓷绿
从最浅的年轮开始旋转
一点点长出坚硬的内核
我们一起呐喊
带着依然青涩的澎湃

破碎的酸果子慢慢发酵
备用轮胎长出了翅膀
太阳消失的日子
我们彼此取暖
拥抱彼此不停息的疲惫

青春在后视镜里一步步倒退
羞辱的和被羞辱的已合二为一
用残存的记忆敲碎时光
我们点燃信仰的天空
一起奔跑在闪亮的日子里

唱一曲忧伤的离歌吧

翻腾出血液里最薄凉和最深情的底色
把风暴撕扯成旗帜
我们一起越狱
一起飞越落花流水的旧世界

写在我的第一部小说集出版之际

我从来没想过自己会喜欢写字，就是英文里那句，not even in my wildest dream。但是人生的际遇千百种，我居然碰到了这样一种际遇，想想也是奇妙。大概就是缘分吧，我其实是个宿命的人。

这是个神奇的时代。如果不是互联网和自媒体，我就是个标准的 working mom，孩子，工作，家庭三点一线，人生的路一望到头，不知道自己喜欢什么，也不知道自己需要什么。但是因为网络和微信，我的生活被小小地改变了。

我在北美最早接触的文学网站就是《华夏文摘》，看得多了，我也试着投了几篇稿，还真有几篇小文发表了，也是一个小小的鼓励吧。后来又巧遇把我推荐给《今天》网站首页的王瑞主编，原来他也是当年《华夏文摘》的编辑，不知道当年我那几篇小文是不是也是他看中的。到了博客时代，我认识的一个朋友开了个博客，我看了，喜欢，觉得有趣，就照葫芦画瓢弄了个博客，记录小屁孩的小屁事，纯属自娱自乐。

生活琐碎，渐渐博客也荒芜了，连孩子的事都懒得写了，然后风起云涌就到了微信时代。2014年的某一天，我看到了一篇文章，非常感动，突然就又想写了，然后鬼使神差地就开了个微信公号，找了博客时代的几个朋友一起办了忆乡坊文学城这个文学公号。因为有了忆乡坊这个平台，我写的比以前多了很多，内容也从一开始的孩子和忆旧向多方面扩展。时评，书评，影评，还有各种散文。2015年初的某一天，我突发奇想，想尝试一下小说，一下午的工夫哗啦啦草就了我的第一篇小说《摩羯座的爱情》，之后越写越多。我是个好奇的人，什么都喜欢尝试，写了几个短篇后，我开始尝试中篇，长篇。现在我的第一部长篇《狂流》已和北京十月文艺出版社签了书约。2015年我写的第三篇小说《距离》得了北美汉新文学奖小说佳作奖，散文《父亲的二胡》得了散文佳作奖，还有一首小诗也是佳作奖。 2016年我的小说《费城实验》获得汉新文学奖小说二等奖。

点点滴滴，汇流成河，慢慢地，我喜欢上了码字，喜欢上了写小说。写作对我是一个重新发现自己的过程，我非常高兴我终于找到了自己喜欢做的事情，尽管这花费了如此漫长的时间。我的心里总有想倾诉的欲望，想把内心不知如何排遣的情绪和故事通过文字来传递。我是半路出家，写东西就是手写我心，天马行空，大概唯一欣慰的就是那些文字里有真实的情感和自己的思索。

现在，对于写作，我的态度就是玩，认真地玩。于我而言，写作的过程，就是一个思考和再创造的过程。从构思到成文，之间怎么用各种细节充实整个文章，如何安排使得情节合理，逻辑通顺，采用何种叙述方式，如何表达，如何布局，都是非常有挑战性，也是非常好玩的。我尤其喜欢刚开始写一篇文章之前，心里涌动很多想法和构思。小说中人物的命运冲突有千百种，该选择哪一种才合情合理?怎样才能做到意料之外却是情理之中？怎样才能写出新意和深意，不落俗套？怎样才能揭露和展示最真实的人性？那种想写下来的冲动特别强烈，可以让你忘记其他一切的琐碎和烦恼。而最高兴的就是成文之后看到你的思维变成了真实的文字。那是一种真实的深刻的纯粹的快乐。

　　文字和音乐是最能打动我的两样东西。有时候，我一个人开着车，收音机里响起我喜欢的老歌，那旋律击中了我，很没出息地，泪水会忍不住掉下来。然后那些文字就在歌声里悄然而至，而我需要做的，不过就是把它们一个个捡起来，摆在一起。当我把心中的文字记下来的时候，心里有悲伤，亦有悲伤带来的喜悦。我在那文字和歌声里，看到了童年的我，她爬在高高的树上，山风吹过，树枝儿在摇，她站在树枝上眺望山外面的世界。我亦看到少年的我，她站在南方小城的十字街头，发誓要离开这个小城，去看远方的世界。那样的时候，我知道，我是喜欢写字这样一件事情的。那样的时候，我知道自己是一个幸福的人，即便那一刻如此短暂。那样的时候，我就想，真好，至少我们还有音乐，还有文字，那里深藏着平凡日子里一直没有隔断过的热情和梦想。

　　我的一个作家师姐王芫说，"everyone is struggling for identity。Authors struggle for identity as well as audience 。"的确如此，对于大多数人来说，写字是一件寂寞的事情。我很高兴因为写字的缘故，找到了一些心性相通，敏感饱满的人，还找到了一些喜欢我的文字的人。知道我的文字也打动了他们，让他们也有共鸣，是一件开心的事情。想到寂寞的路上有他们同行，给我鼓劲，心里就很温暖。

　　这本书收集了我从2015年开始写的11篇小说，其中有两个科幻，一个中篇，八个短篇，一共12万字。要特别感谢刘雁总编对我的支持和信任，感谢韩敬群，李一诺，郝景芳，陈楸帆四位大咖鼎力推荐，感谢Oicit帮忙设计封面，感谢侄女豆豆帮我校对。感谢大姐宁湘，小妹艳湘，萍姐等亲友对我写作一贯的支持。感谢梅玫，静静，Fen，桂花，soycancan，二木，Hellen，秋红，虎皮妈，bobo，haruka第一大票朋友和热心读者的支持。感谢唐俭，少宏和写作小组里的每一位。感谢子姜，一男，蓝蓝等众多忆乡坊的文友。名单太长，就不一一赘述。你们的好，你们的真，我都深藏心间。

2016年12月

壹嘉出版书目

百年旧梦 智效民 著

> 人文历史读本
>
> 简体平装本，定价：$19.99
>
> 2010年度国家图书馆文津图书奖得主作品□ 解读国人百年"中国梦"（国内版本遭禁，此为唯一在售版本）

写在汉学边上 陈毓贤 著

> 人文历史读本
>
> 繁体精装本，定价：$25.89
>
> 2013年度中国中央电视台"中国好书奖"得主作品
>
> "汉学票友"讲述美国汉学与汉学家，以及胡适、赵元任、洪业等中国学者

美国，还有梦吗？ 阙维杭 著

> 时政评论
>
> 简体平装本，定价：$13.99
>
> 原《侨报》主编多年观察结集
>
> 全面了解今日美国好读本

From Shanghai to The United Nations   by Jack Chieh-Sheng Ling

> 自传，英文版
>
> 简体平装本，定价：$15.99
>
> 从上海法租界到联合国总部
>
> 公共健康Public Health学科创办者、前联合国儿基会及世卫组织高级官员凌节生记录丰富多彩一生

繁枝 陈谦著

> 小说
>
> 简体平装本，定价：$9.99
>
> 荣获2012年度人民文学奖、2012-2013年度中国优秀中篇小说奖，入选2012年度中国小说学会排行榜的优秀作品

重瓣女人花 曾晓文 著

小说集

简体平装本，定价：$12.99

台湾"联合报系"文学奖获得者作品，含2009年度中国小说排行榜上榜作品

多重视角描写移民女性情感生活

慰藉 张慈 著

作品集

简体平装本，定价：$9.99

文学、影视双栖作家，汉新文学奖、旧金山世界独立电影节最佳纪录片奖获得者作品

收入多篇获奖作品

沙捞越战事 陈河 著

长篇小说

简体电子版，定价：$7.59

郁达夫文学奖得主

以真实人物为原型，挖掘加拿大华人二战参战传奇历史